AINDA ESTOU AQUI

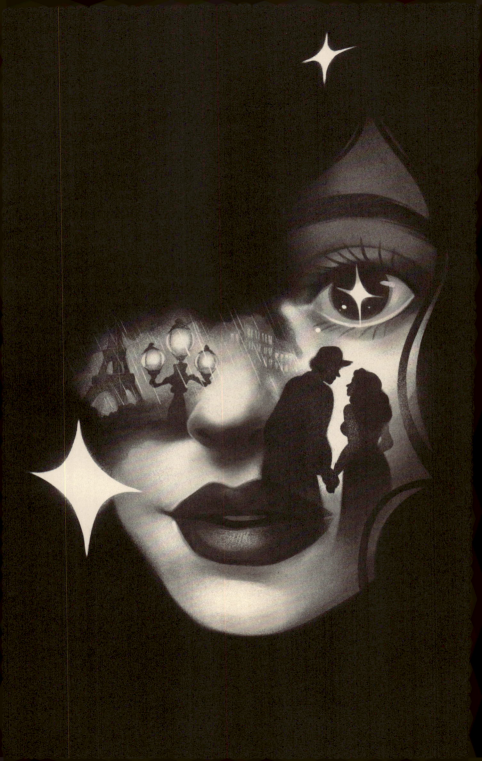

AINDA ESTOU AQUI

MARC KLEIN

Tradução
Priscila Catão

Copyright © 2021 by Marc Klein
Copyright da tradução © 2023 by Editora Globo S.A.

Todos os direitos reservados. Nenhuma parte desta edição pode ser utilizada ou reproduzida — em qualquer meio ou forma, seja mecânico ou eletrônico, fotocópia, gravação etc. — nem apropriada ou estocada em sistema de banco de dados sem a expressa autorização da editora.

Título original: *The In Between*

Editora responsável **Paula Drummond**
Assistente editorial **Agatha Machado**
Preparação de texto **Luiza Miranda**
Diagramação **Ana Clara Miranda**
Projeto gráfico original **Laboratório Secreto**
Revisão **Bruna Fontes e Luiza Miceli**
Capa **Taíssa Maia**

Texto fixado conforme as regras do Acordo Ortográfico da Língua Portuguesa (Decreto Legislativo nº 54, de 1995)

CIP-BRASIL. CATALOGAÇÃO NA PUBLICAÇÃO
SINDICATO NACIONAL DOS EDITORES DE LIVROS, RJ

K72a
Klein, Marc
Ainda estou aqui / Marc Klein ; tradução Priscila Catão. - 1. ed. - Rio de Janeiro : Alt, 2023.

Tradução de: The in between
ISBN 978-65-88131-83-1

1. Romance americano. I. Catão, Priscila. II. Título.

23-82630   CDD: 813
            CDU: 82-31(73)

Gabriela Faray Ferreira Lopes - Bibliotecária - CRB-7/6643

1ª edição, 2023

Direitos de edição em língua portuguesa para o Brasil adquiridos por Editora Globo S.A.
R. Marquês de Pombal, 25
20.230-240 – Rio de Janeiro – RJ – Brasil
www.globolivros.com.br

Em memória de Jessica Kaplan.
E para Karin — minha aldeã para todo o sempre.

Primeiro – calafrio – depois estupor – depois o abandonar

EMILY DICKINSON

PRETO.

Preto sempre foi a cor predileta de Tessa. E não porque os influenciadores diziam que, na alta-costura, o preto era a tendência entre os ricos e famosos. E certamente não porque os cabeças-ocas dos fashionistas insistiam em perguntar: cinza é o novo preto? Branco é o novo preto? Sei lá, magenta é o novo preto? Não, Tessa amava preto porque ele representava ausência. A ausência de cor, a ausência de luz, a ausência de forma. Basicamente, o preto não atraía atenção para si mesmo. Era invisível. E o desejo de Tessa na vida sempre foi esse: ser invisível. Porém, o preto que a cercava naquele momento não era do tipo invisível. Era um preto de presença.

Onde ela estava? Sua última lembrança era descer do ônibus municipal. Estava chovendo e, sem um guarda-chuva para se proteger, Tessa ficou encharcada após correr até a casa de Skylar. Ao virar a esquina, viu o jipe dele dando ré na frente da casa, as lanternas traseiras vermelhas tremeluzindo através da parede de chuva. E então...

AINDA ESTOU AQUI   9

... em um instante...

.... tudo ficou preto...

Tessa sentiu um tremor repentino de medo, desorientada pelo vazio que a envolvia. Estava à deriva no espaço, sozinha, sem estrelas para guiar seu caminho.

Onde ela poderia estar? E, mais importante, onde estava Skylar?

— Estou bem aqui — disse ele.

Que esquisito. Tessa não tinha falado, mas Skylar lhe respondera mesmo assim. Ainda mais esquisito: ela não conseguia vê-lo, mas conseguia sentir sua presença pairando ao seu lado naquela escuridão peculiar, sem começo nem fim.

Havia algo de estranho naquilo tudo. O palpite de Tessa era de que ela estava sonhando. Era um sonho extremamente confuso, mas, como na maioria deles, quando estivesse escovando os dentes na manhã seguinte, já teria esquecido toda aquela maluquice.

Então um ponto de luz branca penetrou a escuridão. Mas não era uma luz normal. Era irradiante e purificadora, como mil sóis de amor comprimido, embalando-a para a frente, chamando-a para se juntar a ela. Tessa nunca teve muito interesse por drogas, mas, se aquela era a sensação de estar chapada, ela poderia reconsiderar.

— Meu Deus, que coisa bonita — Skylar disse. — Vamos chegar mais perto.

Isso era a cara de Skylar. Sempre se jogando no desconhecido, e não fugindo dele. Com o garoto por perto, Tessa sentia como se nada de ruim pudesse lhe acontecer, pois nada de ruim jamais lhe acontecia. Então ela decidiu ir até a luz, ao lado dele. E foi aí que começou a enxergar formas. No começo eram mal definidas e amorfas. Porém, à medida que foi se aproximando, o ponto de luz começou a ficar maior e mais brilhante, e ela viu a silhueta translúcida de sua avó Pat. Mas não com a aparência de seus últimos dias de vida, sofrendo na cama. Agora sua avó Pat estava jovem e vibrante, iluminada por trás como uma estrela do rock.

— Tio Andy! — gritou Skylar.

— Não — disse Tessa. — É minha avó Pat.

De alguma maneira, eles estavam vendo diferentes parentes falecidos. Como isso era possível?

— Está conseguindo escutá-los? — perguntou Skylar.

— Escutar quem?

— Eles estão dizendo...

Houve uma longa pausa. E, de repente, Tessa sentiu que havia algo terrivelmente errado.

— Tessa, eles estão dizendo... que você precisa voltar.

— Como assim, voltar? Voltar para onde?

Agora havia uma tristeza sofrida na voz de Skylar.

— Eles disseram que precisa ser assim. Que sua hora ainda não chegou.

E então alguma coisa segurou Tessa. Uma força. E começou a puxá-la para longe de Skylar.

— Skylar, pera aí! — exclamou ela.

— Desculpe, Tess. Eu te amo.

Tudo começou a recuar em um borrão que se movia com rapidez. Tessa gritou e quis ficar, mas a luz branca foi diminuindo e ficando mais fraca, como uma estrela morrendo em uma galáxia distante...

Tremeluzindo...

... tremeluzindo...

... até sumir.

duzentos e onze dias antes

Tessa conseguiu sentir a neve mesmo antes de abrir os olhos. Era um brilho forte e intenso que penetrava suas pálpebras, a forçando a recobrar a consciência. Quando finalmente acordou, a primeira coisa que viu foi a luz resplandecendo em seu "Mural da Inspiração". Eram palavras e fotografias coladas no teto com um único propósito: fazer Tessa se sentir melhor em relação à sua vida. Havia citações (PRESERVE SUA BOLHA), recomendações (SAIA DA INTERNET!), fotografias artísticas em preto e branco (Robert Frank; as ruas parisienses molhadas pela chuva de Brassaï) e até mesmo alguns desenhos que a garota fizera antes de descobrir que seu verdadeiro talento era a fotografia.

A maioria dos jovens de dezessete anos ficaria feliz ao ver toda aquela brancura fofa do lado de fora, pois isso significava não ter aula. Mas Tessa não era como a maioria dos jovens de dezessete anos. Para ela, o colégio era a única maneira de escapar dos desconhecidos com quem vivia.

Anos atrás, um após o outro, os verdadeiros pais de Tessa tinham desaparecido sem deixar vestígios. Em seguida, ela passou por uma sequência de lares temporários. Alguns melhores que outros, mas a maioria apavorante. Mel e Vickie, um casal sem filhos, tinham sido os últimos a recebê-la. Agora já havia se passado um ano, e aquele certamente era o melhor lar. Porém, embora tivessem assinado recentemente a documentação da adoção, Tessa ainda não conseguia aceitá-los por completo. Para isso, seria preciso confiar, o que ela não achava uma tarefa fácil.

Tessa vestiu uma roupa e pegou sua câmera analógica Minolta, que estava sempre por perto. Ela estava no meio da escada quando sentiu um aroma doce vindo da cozinha. Isso significava que Vickie trabalhara à noite e estava fazendo o café da manhã. Tessa decidiu passar pela cozinha despercebida, mas pelo jeito Vickie tinha ouvidos biônicos.

— Fiz panquecas — disse.

Tessa a ignorou e seguiu pelo corredor. Abriu o armário na entrada da casa e pegou sua jaqueta acolchoada. Vickie apareceu na porta da cozinha, ainda com o uniforme do cassino, o colete bordô e brilhante apertando seu tronco.

— Vai a algum lugar? — perguntou.

— Vou sair para fotografar — respondeu Tessa, pondo os braços nas mangas do casaco.

— Agora? As ruas ainda nem foram limpas.

Tessa abriu a porta da frente.

— Não quero perder a luz da manhã.

— Quando voltar, o que acha de pesquisarmos um pouco sobre as universidades?

— Por quê? Está pensando em voltar a estudar? — questionou a garota, com sarcasmo.

— É sério, Tessa. Nunca é cedo demais para se candidatar às bolsas de estudos. Você tem tanto potencial. Não quero vê-la desperdiçar seu futuro.

O que Vickie tinha que a incomodava tanto? Seria a simpatia sufocante? O vergonhoso desespero para que elas tivessem uma relação de mãe e filha? Talvez fosse apenas algo químico, como os cachorros que às vezes se atacam sem nenhum motivo aparente. Felizmente, Tessa descobrira que responder com alguma gracinha era a maneira mais rápida de fazer a mulher desistir.

— Vickie, você está parecendo um ímã motivacional de geladeira.

Vickie suspirou e voltou em silêncio para a cozinha. Tessa se sentiu um pouquinho culpada, mas não o bastante para se desculpar.

Lá fora, o ar estava imóvel e gélido, o céu inundado por uma luz clara. Tessa começou a perambular pelas ruas desertas de Margate, a minúscula cidade litorânea onde morava. Sua *playlist* indie favorita tocando no iPhone e sua câmera nas mãos, tudo que existia era o mundo retangular dentro do visor.

Ela tirou dezenas de fotos, mas ficou particularmente fascinada pelos carros na frente das casas, enterrados sob os montes de neve que mais pareciam dunas. Era como se a mãe natureza estivesse tentando apagar seus inimigos do planeta.

Ela continuou caminhando no meio da neve, que alcançava seus tornozelos, e chegou à praia da Douglas Avenue. O local estava enevoado, a areia revestida por um imaculado tapete de brancura. Tessa se sentiu como uma astronauta em um planeta desconhecido, cada passo seu interferindo na perfeição intocada da paisagem. Onde quer que olhasse, ela via algo que queria fotografar. As ondas espumosas, cobertas de branco. O píer desgastado que avançava pelo oceano. E o solitário posto salva-vidas, as estacas semiafundadas em um monte de neve.

Mais distante no litoral, reparou uma silhueta desacompanhada se materializando em meio a uma camada de neblina, como o fantasma de um marujo afogado assombrando a praia. Tudo que ela conseguia distinguir era um chamativo boné laranja se destacando no nevoeiro. Era uma alma valente que, tal como Tessa, enxergava na praia deserta um convite para se desprender do mundo. Ela tirou uma única foto da silhueta de boné laranja antes que eles fossem engolidos pela névoa.

Pela primeira vez naquela manhã, a garota sentiu um certo desconforto. Havia uma umidade fria em seus dedos dos pés. Ela olhou para baixo e notou que se esquecera de calçar as botas de neve. A descoberta repentina a fez perceber que logo, logo seus pés congelariam. Ela estava a trinta minutos de casa, e as ruas ainda estavam cheias de neve, então chamar Mel para buscá-la estava fora de questão. Talvez houvesse algo aberto no centro... um café, uma lanchonete. Qualquer lugar que evitasse que Tessa congelasse.

Quando chegou a Ventnor Avenue, tudo parecia sem vida. Ela foi procurando, um quarteirão após o outro, algum estabelecimento que a salvasse do frio. Agora seus pés estavam ficando dormentes, o que não era um bom sinal. Sua última esperança era o cinema da cidade. Ela sabia que Sherman, o dono, morava em um quarto ao lado da cabine de projeção, então ele não precisava se deslocar para ir trabalhar. Era um tiro no escuro, mas, pela sobrevivência dos seus dedos do pé, Tessa enfrentou a gélida rajada de vento.

Sempre que via o cinema, o Little Art Theater, Tessa se perguntava como ele ainda estava aberto. Eram apenas cinquenta poltronas, a maioria com molas protuberantes e tecido puído. E agora que a esposa de Sherman havia falecido, aquilo era um empreendimento de uma pessoa só. Sherman cuidava do caixa, vendia a pipoca mole e, quando se sentia pronto, empurrava o interruptor do velho projetor que chacoalhava. Apesar dessas condições nada ideais, Tessa imaginava que ele conseguiria se sustentar bem se simplesmente passasse os filmes independentes mais recentes. Em vez disso, escolhia filmes estrangeiros obscuros com muita nudez e antigos filmes B estrelando atores de que ninguém tinha ouvido falar. Em um fim de semana, ele passou apenas famosos desastres de Hollywood: *Howard, o pato*; *A reconquista*; *John Carter: entre dois mundos*, um trio de barbaridades cinematográficas.

Ao virar a esquina, Tessa se sentiu aliviada ao ver Sherman sentado na bilheteria, contando o dinheiro do caixa. Ela nem se deu ao trabalho de olhar a marquise para ver o que estava passando. Foi à cabine e bateu nela.

— Está aberto, Sherman?

Sherman olhou para cima e sorriu. Ele conhecia bem Tessa porque ela era freguesa antiga.

— Para você, está — disse ele, apertando um botão.

A máquina imprimiu um ingresso, que Sherman passou pela abertura na base do vidro da bilheteria. Tessa tirou um punhado de notas amassadas do bolso e as contou.

— Desculpe — disse. — Acho que vai faltar um pouco.

— Não tem problema, tudo certo.

Tessa sorriu.

Sherman pegou o ingresso de volta, rasgou-o no meio e descartou o que restava do papel dentro da bilheteria.

— Bom filme, Tessa.

O cinema mofado estava confortavelmente aquecido e cheirava a pipoca queimada. Tessa sentou-se no corredor do meio e tirou o casaco. A melhor parte de todas? Ela estava sozinha. Era como se fosse uma sala de cinema dentro de casa. Assim que as luzes diminuíram, a porta dos fundos do cinema se escancarou. Um triângulo de luz âmbar se alargou no chão e subiu pelas paredes. Tessa viu a sombra de uma pessoa passar pelo telão sujo. A reação natural dela a ter companhia naquela circunstância seria a decepção. Na dúvida, preferia ficar sozinha. Porém, de alguma maneira, ela sentiu que quem quer que tivesse chegado era uma presença amistosa. A pessoa desconhecida se dirigiu a uma poltrona duas fileiras atrás dela e se sentou.

Os créditos iniciais do filme fizeram Tessa se concentrar de novo. Estava tudo em francês, até mesmo o título, então ela não fazia ideia de como o filme se chamava. A primeira cena foi marcante: um homem e uma mulher pelados, em uma cama, fazendo amor com intensidade. Tessa começou a ouvir o narrador falar por cima das imagens. No entanto, estranhamente, ao procurar as legendas na parte de baixo da tela, não viu nada.

Na cena seguinte, o mesmo casal se divertia no deque de uma acolhedora casa de praia, aconchegando-se um no outro e se beijando. Ainda assim, nada de legenda.

Tessa tinha que admitir: Sherman finalmente se superou. Ele não estava apenas passando filmes que ninguém queria ver, agora estava passando filmes que ninguém conseguiria entender!

Ela gritou na direção da cabine de projeção:

— Ei, Sherman! Cadê as legendas?

Naquele momento, Tessa viu a pessoa atrás dela se levantar. Imaginou que sairia da sala e reclamaria com Sherman. Em vez disso, a pessoa seguiu pelo corredor e entrou na fileira de Tessa.

Ele parecia ter mais ou menos a mesma idade dela, e na sala havia apenas luz suficiente para que ela enxergasse seus cabelos castanhos desgrenhados e o corpo alto e esguio. Ele se sentou ao lado dela, e seu cheiro a envolveu de imediato. Amadeirado e doce, representando a combinação perfeita entre acolhedor e fugidio.

Apesar de sua presença benigna, Tessa não podia ignorar o fato de que aquele rapaz era um desconhecido. Pior ainda, estava totalmente sozinha com ele. Isso significava que ninguém poderia ajudá-la caso ele planejasse fazer algo bizarro, como mostrar suas partes íntimas.

Você precisa se levantar, Tess. Precisa se levantar agorinha e sair daqui. E, o que quer que você faça, só não olhe para trás, senão ele vai pensar outra coisa.

As mãos de Tessa agarraram os braços da poltrona e ela se inclinou para a frente, pronta para dar o fora dali. Antes que pudesse se levantar, contudo, o rapaz falou.

— O título é *Betty Blue* — explicou. — Você assiste, eu traduzo.

Ele falou de uma maneira gentil, mas por que tinha parecido uma ordem? Tessa viu-o virar a cabeça para a tela. Então, sem nenhuma hesitação, ele começou a sussurrar o diálogo pelo canto da boca, traduzindo o filme do francês para o inglês sem dificuldade alguma.

Bem, isso resolveu a questão. Se Tessa saísse dali agora, seria uma grosseria de sua parte. Não, seria mais do que uma grosseria — seria como mandar tudo pro inferno. Um desconhecido se oferecera generosamente para ajudá-la, e agora ela iria lhe dar um fora? Ok, ela não sabia nada sobre psicopatas, mas quantos psicopatas eram tão cheirosos assim, a ponto de dar vontade de mordê-los?

Durante a primeira meia hora, Tessa não conseguiu se concentrar de jeito nenhum no filme. Estava atenta demais ao calor do hálito do garoto em seu pescoço e na maneira como ele pronunciava certas palavras. Ela tentou adivinhar de onde ele era. Seu sotaque era de Nova Jersey? Nova York? Com o passar do tempo, isso perdeu a importância, pois a voz dele começou a se fundir ao filme. E logo Tessa se viu completamente imersa na trama que se desdobrava diante dela.

O filme contava a história de um amor obsessivo. Betty, uma bela andarilha, seduz Zorg, um azarado faz-tudo que mora em uma casa de praia caindo aos pedaços. À medida que o amor dos dois se intensifica, vão ficando cada vez mais frequentes as crises de raiva autodestrutiva de Betty. Após descobrir que tinha se enganado quanto a estar grávida, Betty arranca sadicamente o próprio olho e termina em um hospício, catatônica. Em um ato final de amor, Zorg sufoca Betty com um travesseiro, dando à história um desfecho tipicamente francês.

Quase três horas após o começo do filme, os créditos começaram a subir na tela. Tessa olhou para baixo e viu que seus dedos estavam agarrando o braço do tradutor.

— Argh! Desculpe! — disse, soltando-o abruptamente. — Faz quanto tempo que estou fazendo isso?

— Nem sei — respondeu o garoto. — Meu braço ficou dormente mais ou menos uma hora atrás.

Ela se sentiu extremamente envergonhada.

— Por que você não disse nada?

— Sei lá, imaginei que estivesse me consolando. O filme é muito deprimente.

— É uma história de amor — afirmou Tessa, em um tom neutro.

Ele franziu a testa.

— Nem *todas* as histórias de amor são deprimentes.

— As boas são.

Ao ver dúvida na expressão dele, Tessa decidiu comprovar seu argumento:

— *Romeu e Julieta*, *Anna Kariênina*, *O morro dos ventos uivantes*, *O paciente inglês*... e a lista não para por aí. É sempre o fim de um relacionamento, a *ruína* dele, que faz a história de amor ser memorável.

— Mas e *Orgulho e preconceito*? Ou *Jane Eyre*? Os finais são felizes.

— Só porque as autoras escolheram encerrar as histórias de maneira prematura, antes que as coisas fossem por água abaixo.

— Que maneira interessante de... não admitir que você está enganada.

— Ah, qual é. Imagine só se o Leonardo DiCaprio tivesse sobrevivido no final de *Titanic*.

— Preciso mesmo imaginar?

— Jack Dawson. Um rapaz sem emprego e sem grana, que gostava de apostas e que tinha, no máximo, um discreto talento artístico.

— Admito que a habilidade técnica dele era amadora, mas ele salvou a vida de Rose!

— Somente *depois* de dizer que a amava e de roubá-la de seu noivo! E a pobre da Rose ficou tão hipnotizada por aquele galanteador que realmente acreditou que ele lhe daria uma vida de paixão e aventura. *Meu Deus do céu*. Acho que seria mais uma pobreza abjeta e uma infidelidade desumanizante.

— *Titanic dois*: se você achou a primeira parte um desastre, espere só pra ver a sequência.

Tessa caiu na gargalhada, surpresa com a sagacidade dele. Quando os créditos acabaram, as luzes do cinema acenderam-se. E foi então que os olhos verdes e penetrantes do garoto se revelaram. Tessa jamais vira algo parecido. Eram olhos que não mostravam nenhum indício de insegurança, mas que brilhavam de entusiasmo diante de tudo que era desconhecido.

— Bem, espero que meu serviço de tradução tenha sido satisfatório.

— Mais do que satisfatório. Se um dia eu virar a embaixadora da França, você vai lá me dar uma mãozinha.

- Ele sorriu, depois começou a pôr os braços em seu sobretudo vintage. Quando se levantou, Tessa fez o mesmo. Ela seguiu-o pelo corredor, continuando a conversa.

— Como foi que aprendeu a falar francês tão bem? — perguntou.

— Não tive escolha, na verdade — disse ele. — Meu pai é professor de linguística. Quando nasci, ele começou a desenvolver uma nova maneira de ensinar outras línguas, e fui sua cobaia. Quando eu tinha doze anos, ele já tinha me deixado fluente em francês, português, espanhol e italiano.

— É sério? Não pode ser. Você não confunde uma com a outra?

— Só quando eu sonho. Meus sonhos são puro caos. Alguém me faz uma pergunta em espanhol, mas respondo em francês, e depois a pessoa fala em italiano. Sério, eu meio que fico com pena do meu subconsciente. Os sonhos já são bem difíceis de entender, imagine só com todo mundo falando um idioma diferente.

Agora eles já tinham passado pela entrada e chegado ao lado de fora. Tessa adorava sair da sala de cinema e se deparar com a claridade do dia. Era como se tivesse passado as últimas horas se escondendo da realidade. Na frente deles, a Ventnor Avenue finalmente despertara. A neve tinha sido removida das ruas, e os carros passavam com delicadeza sobre o asfalto congelado.

— Que máquina antiga essa sua aí. — Agora o garoto estava olhando a câmera de Tessa, pendurada em seu ombro. — Você não tira fotos digitais?

Tessa balançou a cabeça.

— Com filme, dá para conseguir um alcance dinâmico bem mais alto. Além disso, sou viciada no cheiro dos produtos para revelação. A fumacinha me faz delirar.

— Exatamente como seus olhos estão fazendo comigo agora.

O coração dela acelerou. Ele tinha mesmo acabado de dizer o que ela achava? A resposta apareceu quando ele corou de vergonha.

— Merda — disse. — Isso foi brega demais.

— Não — insistiu ela, mas depois decidiu caçoar dele. — Bem, talvez um pouquinho...

— Juro que na minha cabeça pareceu perfeito.

— Então vou imaginar a sua versão...

Tessa fechou os olhos, respirou fundo algumas vezes para causar um efeito dramático, e os abriu outra vez.

— Continua ruim? — perguntou ele.

— Pois é.

Ambos riram. Atrás deles, Sherman voltara à bilheteria e os encarava. Aquele momento não era mais apenas dos dois.

— Bem, acho que vou indo...

Ele ergueu o dedão e apontou por cima do ombro, indicando que era hora de voltar.

— Sim, eu também — disse Tessa com rapidez.

Ela preocupou-se na mesma hora, achando que sua resposta tinha sido impaciente demais, uma tentativa óbvia de disfarçar a decepção.

— Obrigado por me deixar sussurrar no seu ouvido por três horas.

— Imagina.

Então o garoto alto com os olhos mais verdes que Tessa já tinha visto lhe deu tchau. Ela observou-o seguir pela calçada, deixando rastros na neve. A cada passo que ele dava para longe dela, Tessa sentia como se algo dentro de si esvaecesse um pouco – como a chama de uma vela que vai ficando cada vez mais fraca, até restar apenas a fumacinha subindo.

— Skylar.

Ela se surpreendeu ao ver a cabeça dele aparecendo na esquina no fim do quarteirão.

— Meu nome. É Skylar.

— O meu é Tessa.

— Talvez a gente se encontre aqui de novo?

— Sim. Quer dizer... seria bom — disse Tessa.

E então ele foi embora.

Ela ficou parada por um instante, tentando assimilar as emoções repentinas que estava sentindo. Primeiro veio a euforia, uma leveza que percorreu seu corpo e ameaçou erguê-la da calçada. Porém, logo a maravilhosa sensação foi minada pela habitual falta de confiança. *Será que eu disse a coisa certa? Eu estava bonita? Será que ele gostou mesmo de mim, ou estava apenas sendo simpático?*

Naquele momento, Tessa sentiu falta de alguma coisa. Sua jaqueta. Ela estava tão concentrada no estranho charmoso que a esquecera no cinema.

Lá dentro, encontrou a jaqueta e voltou para o corredor, mas algo chamou sua atenção pelo canto do olho. Estava debaixo da poltrona em que Skylar se sentara antes de ir para perto dela. Ela foi até a fileira, ajoelhou-se e pôs a mão sob a poltrona. Seus dedos seguraram alguma coisa e a puxaram. Quando a viu sob a luz, não ficou nada surpresa. Então ela percebeu que o universo desejara que ela e Skylar se conhecessem naquele dia. Na primeira vez não tinha dado certo, de manhã na praia, mas na segunda havia funcionado.

Pois Tessa estava segurando o boné laranja.

duzentos e onze dias antes

Talvez Shannon Yeo fosse a aluna padrão do penúltimo ano da Atlantic City High School. Isso porque ela era obcecada por: seu cabelo, usar as roupas da moda, piadas sobre masturbação, decorar as letras das músicas do Drake, encontrar o hidratante facial perfeito, descobrir o ingrediente secreto do seu cupcake predileto com baixo teor de gordura (seria mesmo giz?) e passar as noites de sábado com atletas bêbados, na esperança de que um deles desse em cima dela antes de vomitar e perder a consciência.

Por todas essas razões e outras, Shannon deveria ser a última pessoa do planeta com quem Tessa gostaria de passar seu tempo. Porém, em uma prova sublime dos absurdos cósmicos, Shannon era a melhor amiga de Tessa desde que elas tinham doze anos.

Shannon chegou em Margate no meio do ano letivo, vinda da Coreia do Sul com os pais. Seu pai, um famoso cirurgião plástico, deixou sua opinião bem evidente ao comprar a casa mais cara de Bayshore Drive... e mandar demoli-la para construir uma monstruosidade ainda maior.

Na primeira manhã de Shannon na escola nova, ela sentou-se na carteira vazia ao lado de Tessa e se comportou como se as duas já fossem melhores amigas.

— Meu nome é Shannon — disse ela, erguendo as sobrancelhas como luas crescentes. — Vou logo me desculpando por falar demais. Estou tentando melhorar em relação a isso.

Mantendo-se fiel ao alerta, a partir daquele momento a boca de Shannon jamais parou de se mexer. Era como se sua voz fosse abastecida por combustível nuclear. E não era apenas durante as aulas que ela sujeitava Tessa às suas opiniões sobre todo tipo de coisa. Havia o almoço. O caminho para o banheiro. O ônibus da escola. Até nos fins de semana Shannon chegava sem avisar nos lares temporários de Tessa para brincar. No entanto, a verdade era que Shannon não precisava se esforçar muito. Ela era a única amiga de Tessa.

Tessa tinha tentado criar coragem para explicar a Shannon que queria ficar sozinha, que na verdade *preferia* ficar sozinha. Mas nunca conseguira colocar as palavras para fora. Tessa já sentira a ferroada da rejeição muitas vezes na vida e preferiria se dissolver em ácido a causar nos outros a dor que ela tinha suportado.

Porém, à medida que as duas meninas foram crescendo juntas, algo milagroso aconteceu. Graças à garra e determinação de Shannon, as duas se tornaram melhores amigas inseparáveis. É verdade que elas ainda não tinham muito em comum. Shannon era cliente de lojas badaladas; Tessa comprava tudo em brechós. Shannon queria muito que os outros a notassem; Tessa adoraria evaporar. Shannon arrastava Tessa para fazer as unhas; Tessa levava Shannon para exposições de arte underground. Eram um par de perfeitos opostos. Mas, quando o bicho pegava, fazia alguma diferença se sua melhor amiga preferia Nicholas Sparks a Maya Angelou? O que mais importava era a lealdade. Alguém com quem você pudesse contar. Alguém que jamais te deixaria na mão.

Talvez tenha sido por isso que, assim que Tessa saiu do cinema segurando o boné laranja, seus pés a levaram ao lugar para onde ela precisava ir: para a casa de Shannon.

Quando a porta da casa se escancarou, Tessa viu a mãe de Shannon, cujo rosto estava sempre tenso, em um estado de preocupação.

— Você está azul, Tessa. Cadê suas botas de neve? — perguntou.

— Preciso muito falar com Shannon. Ela está aí?

— Lamento, mas ela está doente. Algum tipo de infecção na garganta.

— Meu Deus, mãe, eu estou bem!

Tessa olhou para a escada e viu a melhor amiga com um moletom desbotado, parecendo desidratada e pálida.

— É contagioso — alertou a mãe de Shannon.

Mas Tessa não se importava com sua saúde respiratória. Ela passou pela mãe de Shannon, subiu os degraus e lançou um olhar para a garota que dizia: *preciso da minha melhor amiga agora.*

Tessa invadiu o quarto da amiga e foi envolvida por um cheiro que só poderia ser descrito como o de uma pessoa doente: uma mistura de suor, xarope para tosse e ovos mexidos. Ela se jogou na cama de Shannon, bem onde estava a concentração do vírus. Shannon fechou a porta após entrar e também foi para a cama.

— Meu Deus do céu. Parece até que você vai sair cantando e dançando — disse Shannon.

— É porque — respondeu Tessa — acho que acabei de conhecer o amor da minha vida.

Tessa demorou uma hora para contar a Shannon todos os acontecimentos dramáticos daquela manhã. Como sempre, Shannon foi uma plateia mais do que perfeita. Riu nos momentos certos, pôs a mão no peito quando a história ficou comovente, balançou freneticamente as mãos quando queria que Tessa acelerasse e ficou indignada quando percebeu que o fim da história era desanimador.

— Só isso? Ele não pediu seu telefone? Só disse o nome dele? Tipo "Bond, James Bond"?

— Ele também deixou o boné comigo — disse Tessa enquanto o balançava. — Pelo menos subconscientemente.

— O que significa o P do boné?

— Não faço ideia.

— Tá, eu odeio muito ele — externou Shannon.

— Você precisa me ajudar a encontrar ele. Agora.

— Olha só quem está doidinha por um garoto. Então talvez agora você pare de me criticar quando eu surtar por causa de algum cara.

Elas passaram as duas horas seguintes no notebook de Shannon, fazendo uma busca abrangente sobre tudo o que tivesse a ver com Skylar. Graças aos anos de obsessão por dezenas de garotos, Shannon era especialista em stalkear.

— Redes sociais são coisas de amador — anunciou ela, tentando encontrar o perfil de Skylar, mas sem sucesso.

Em seguida, Shannon tentou em ferramentas de busca

mais obscuras, criadas especificamente para obter informações sobre a vida dos outros. Após não acharem nada, Tessa se perguntou se Skylar não seria um dos inúmeros desconhecidos que ela estava destinada a conhecer e nunca mais encontrar.

Depois de um tempo, após acharem alguns sites pagos que ofereciam informações confidenciais, Shannon foi obrigada a usar seu recurso mais valioso: seu cartão de crédito. Cinquenta dólares depois, elas conseguiram localizar apenas três Skylar: um falecido, um aposentado e um veterano da guerra do Iraque, de paradeiro desconhecido no momento.

— Ele deve ter mentido sobre o nome — argumentou Shannon.

— Impossível. Ele não faria isso. Se você o conhecesse, iria entender.

— Que coisa mais esquisita. Nunca conheci uma pessoa que não tivesse perfil em nenhuma rede social. Especialmente alguém da nossa idade.

Ela pôs um inalador no nariz e inspirou.

— Eu acho isso legal — disse Tessa. — Ele é antiquado. Como eu. Eu odiaria encontrar *selfies* dele com os amigos embriagados, com copos de bebida nas mãos.

— Talvez você tenha imaginado tudo, não? — sugeriu Shannon. — Será que seus hormônios adolescentes não enlouqueceram e geraram um garoto misterioso e perfeito?

— Meus hormônios não falam francês.

— Bem, então a última opção que nos resta é revelar as fotos. Talvez a que você tirou dele tenha alguma pista.

As fotos! Caramba, o entusiasmo foi tanto que Tessa esqueceu que, no bolso da sua jaqueta, estava o rolo de filme com as fotos na praia. Ela lembrava vagamente que Skylar estava com um moletom debaixo do casaco e que havia alguma coisa escrita nele. Poderia ser o nome de seu colégio ou da cidade de onde ele era...

Dez minutos depois, Tessa estava em casa revelando o filme. Assim que ela se mudou para a casa de Vickie e Mel, Tessa convenceu-os a deixá-la transformar o sótão em uma câmara escura para revelação, e em troca ela prometeu que, se os produtos químicos incendiassem a casa, ela passaria o resto da vida pagando as contas e a eternidade se sentindo culpada.

Durante o último ano, seus gastos com as fotos foram aumentando, consumindo uma parte cada vez maior da sua mesada e da sua poupança. Ainda assim, ela resistia a migrar para a fotografia digital. Para Tessa, passar horas alterando e manipulando imagens em um computador era apenas mais uma mentira em um mundo delas. E o propósito da arte não era expor a verdade?

Naquela manhã, ela tirara três filmes inteiros, com trinta e seis fotos cada, mas não sabia mais quais fotos cada um continha.

Uma folha de contato após a outra foi se materializando diante de seus olhos, na bandeja com reveladores. Fileiras de imagens minúsculas apareceram, uma reencenação fotográfica de sua manhã inteira, as ruas desertas, os carros cobertos de neve. Cada foto a aproximava da praia, do momento em que viu Skylar pela primeira vez com seu boné laranja. Finalmente, como se o dia inteiro tivesse sido concebido por um autor de suspense, Tessa percebeu que o último rolo para revelar era o que continha as fotos de Skylar.

Mais uma vez, Tessa apagou a luz. Agora no breu, ela usou o abridor de latas para tirar a tampa do tubo do rolo, depois encaixou o filme não revelado no carretel.

De repente, o alçapão do sótão se escancarou. Uma camada de luz foi subindo pelos degraus, revestindo rapidamente as mãos de Tessa, cobrindo o filme não revelado com um brilho amarelo. *Merda!* De tão empolgada para revelar o filme, ela se esquecera de trancar o alçapão.

— NÃO! — berrou Tessa. — Estou revelando um filme!

Ela puxou o filme para a barriga e se curvou sobre ele, desesperada para protegê-lo da exposição à luz.

— O jantar vai ficar pronto em dez minutos — anunciou Mel, sem ter ideia do que acabara de fazer.

Ele fechou o alçapão, e o sótão ficou escuro de novo.

Mas não importava. As pistas que aquele rolo continha, quaisquer que fossem elas, tinham sido arruinadas.

Skylar tinha aparecido na vida de Tessa saindo do meio da neblina, e tinha sumido entrando em outra.

E agora era evidente que ele ficaria por lá.

quatro dias depois

Sons penetraram a escuridão.

Coisas apitando, coisas gorgolejando, coisas sugando, o oxigênio sibilando e risadas aleatórias e repentinas. Também havia as vozes de Mel e Vickie, conversando em um tom baixo, ansioso. O que os dois estavam dizendo? Com quem estariam falando? Era uma sinfonia desconcertante, produzida por uma orquestra de músicos que Tessa não conseguia ver.

À medida que os dias e noites foram se fundindo um com o outro, Tessa voltou a ter percepção de algumas coisas. Em um dado momento, alguém encostou de propósito algo pontiagudo no seu calcanhar, só para ver se ela ia sentir. Sua perna se contraiu de dor. *Sim, estou sentindo!*

No entanto, pior do que a condição do seu corpo, era seu estado mental. A memória de Tessa tinha virado um patê, e isso era um eufemismo. Ela tinha vagas recordações de sua experiência estranha com Skylar dentro do túnel de luz, mas antes disso só havia um branco. Nem mesmo agora, com sua consciência voltando ao normal, ela conseguia entender onde estava ou o que causava o constante aperto no peito.

Quando seus olhos finalmente se abriram, saindo da névoa da medicação, ela viu que estava em um quarto de hospital sem cor. O sol forte atravessava as janelas, aquecendo seu rosto. Ela estava deitada de lado, e a primeira coisa que viu foi um homem de pele escura e cabelos ainda mais escuros. Ele estava de pé ao lado de seu leito, com um jaleco branco engomado. Ao ver que Tessa acordou, ele disse que se chamava dr. Nagash. Depois, começou a lhe fazer perguntas, mas a garganta dela estava seca demais para conseguir falar.

— Faça que sim com a cabeça se conseguir sentir isso — disse ele enquanto batia nos seus joelhos com um martelo com cabeça de borracha. Tessa fez que sim. — Você se lembra do seu nome?

Ela lembrava. Mas, quando tentou pronunciá-lo, não conseguiu falar nada direito. Sentiu-se assustada e confusa, então fez que sim outra vez.

— Tessa, você sofreu um grave acidente de carro. Teve muitas lesões, inclusive no coração — explicou ele. — Tivemos que operá-la para corrigi-las. Agora que você acordou, é provável que comece a sentir algum desconforto no peito e no esterno. A boa notícia é que o pior já passou.

Uma enfermeira simpática com perfume floral se inclinou para perto dela.

— Já ligamos para os seus pais. Eles estão a caminho.

Mas Tessa não se importava com Mel e Vickie. Não se importava com o fato de seu corpo ter sido todo destroçado. Ela só se importava com Skylar. Onde é que *ele* estava?

AINDA ESTOU AQUI 33

Tessa sentiu-se como um bebê tentando falar pela primeira vez. Finalmente resmungou uma única palavra, perguntando ao médico:

— Skylar?

A expressão do dr. Nagash, aperfeiçoada após anos dando más notícias, ficou séria.

— Skylar também estava no acidente. Ele se machucou bastante.

— Ele está aqui? — perguntou Tessa, a voz fraca e rouca. — No... hospital?

— Tessa, ele não conseguiu chegar ao hospital. Ele morreu no local do acidente. Sinto muito.

Todas as células do corpo de Tessa começaram a se revoltar ao mesmo tempo. Ela tentou gritar, mas tudo que lhe escapou foram ruídos de incredulidade. Não tinha energia para chorar, mas as lágrimas se formaram em seus olhos de todo jeito. Logo a enfermeira injetou alguma coisa no soro. Uma calmaria começou a se espalhar pelo seu corpo como um líquido relaxante.

O dr. Nagash tentou consolá-la. Ele garantiu que havia pessoas no hospital que a ajudariam a superar o luto. Que ela ainda era jovem e tinha a vida inteira pela frente. Mas como é que o restante de sua vida se compararia aos duzentos e onze dias em que ela tinha amado um rapaz de olhos verdes chamado Skylar?

catorze dias depois

Chorar lhe fez bem. Não muito. Não era uma solução permanente, mas uma boa chorada amenizava temporariamente o luto de Tessa, e encontrar locais isolados do hospital onde ela pudesse cair em prantos se tornou uma questão de sobrevivência.

A escada atrás da área neonatal era uma boa opção. Assim como a capela ecumênica do térreo, embora o cheiro de incenso a deixasse nauseada. Porém, o lugar onde Tessa mais gostava de chorar ficava a apenas alguns passos da sua cama: o banheiro.

Tessa tinha uma infinidade de fraturas e contusões, mas somente uma de suas lesões, a do coração, lhe causava risco de vida. Ele estava literalmente partido. O acidente tinha sido tão violento que rompera seu pericárdio, o saco de fluido que cerca o coração humano. Seu cirurgião, o dr. Nagash, dissera-lhe que o fato de ela ter sobrevivido a um traumatismo tão grande era mais do que um milagre. Era algo inédito, o tipo de resultado raro que termina sendo mencionado nos livros de medicina. Naturalmente, muitos dos médicos do hospital faziam visitas inesperadas para ver "a menina do milagre" com os próprios olhos. Após analisarem seu prontuário, eles proferiam frases de revirar os olhos, como "Acho que o céu ainda não estava preparado para recebê-la", ou "Você ganhou uma segunda chance, aproveite-a bem!".

Mel e Vickie visitavam-na tanto quanto podiam. Durante a semana, eles iam separados, alternando enquanto o outro trabalhava no cassino. Nos fins de semana iam juntos e costumavam levar alguma coisa para comer, pois Tessa odiava a comida do hospital.

Ambos estavam assimilando o acidente de maneiras distintas, o que era de se esperar. Agora que Tessa não estava mais correndo perigo, Mel estava obcecado com a futura conta do hospital.

— Você vai ver — disse ele. — O seguro-saúde vai contestar cada cobrançazinha.

Vickie também estava preocupada, mas com outra coisa. Antes do acidente, sua relação com Tessa tinha progredido bastante. Mas agora Vickie parecia saber que a morte de Skylar significaria um afastamento entre as duas. Assim, ela tinha começado a agir com muita inibição, escolhendo suas palavras com delicadeza, como se temesse irritar Tessa.

Shannon também a visitava, tarde da noite, sempre depois do horário de visita. De alguma maneira, ela tinha descoberto um jeito de entrar escondida, passando pelo segurança do térreo. Talvez ela estivesse dando em cima dele. Quando chegava ao quarto, Shannon fechava a porta, deitava-se na cama de Tessa e atualizava a amiga sobre as últimas fofocas do colégio. Ela era, como sempre, um presente dos deuses.

***

Após duas semanas, os sonhos começaram. No princípio eram comuns, apenas uma mistura de narrativas que Tessa não conseguia lembrar na manhã seguinte. E, apesar de seu desejo obsessivo de ver Skylar novamente, ele jamais aparecia neles. No entanto, quando os médicos começaram a diminuir seus analgésicos, os sonhos mudaram. Foi como se seu cérebro tivesse passado de baixa definição para alta. Tudo parecia mais brilhante, mais colorido, mais real. E o melhor foi que Skylar começou a fazer rápidas aparições neles.

Noite após noite, os sonhos de Tessa foram ficando mais intensos – e suas interações com Skylar, se tornando mais reais. No sonho mais recente, Skylar aparecia ao lado de sua cama, vestindo uma camisola hospitalar. Era como se ele não tivesse morrido; ele tinha apenas se machucado e estava se recuperando em outro quarto no mesmo corredor.

— Você está vivo — disse Tessa, os olhos se enchendo com lágrimas de alegria.

— Venha aqui, quero mostrar uma coisa para você.

Ele puxou-a da cama, depois a levou pelo corredor pouco iluminado e pela escada. Porém, estava andando rápido demais para ela. Ela precisava recobrar o fôlego.

— Espere um segundo — disse.

— Não temos tempo.

Ele abaixou-se e ofereceu suas costas para que ela subisse. Skylar carregou escada acima, e a cada degrau Tessa sentia os músculos dele se contraindo e se alargando sob seus braços.

Por fim, Skylar empurrou a porta da saída e os dois chegaram ao topo do hospital. Fazia semanas que Tessa não sentia ar fresco no rosto.

AINDA ESTOU AQUI 37

Ele a carregou até a beira do prédio e a abaixou no piso de cascalho. Eles estavam a uma altura de dez andares, com a vista noturna da cidade brilhando abaixo dos dois. Skylar apontou para a imensa lua cheia. Ela estava se pondo, com a face semienterrada no horizonte. O céu mais acima transformava-se diante dos olhos de Tessa, uma explosão de cores diferente de tudo que ela já tinha visto.

— Venha logo — disse Skylar enquanto a levava para o outro lado do telhado, a parte com vista para o mar.

Mais uma vez, ele apontou para o horizonte, onde o brilho do sol se espalhava pelo céu, cobrindo o rosto de Tessa com uma luz dourada.

Era uma utopia sensorial. A frieza da lua que se punha, o calor do sol que nascia, e o céu com uma explosão de tons de rosa, amarelo, vermelho. Atrás de si, Tessa sentiu Skylar pegar seu cabelo e afastá-lo de seu pescoço. Ele pressionou seus lábios na nuca descoberta e ela estremeceu, seu toque se espalhando por todos os nervos do corpo de Tessa. Então ela o ouviu sussurrar bem baixinho:

— Ainda estou aqui, Tess.

Tessa acordou bruscamente, olhou ao redor, chocada e confusa. Ao reconhecer as paredes familiares e sem cor do seu quarto de hospital, a euforia de seu sonho evaporou e foi substituída por uma gigantesca angústia. Seus olhos marejaram.

No exato instante, a enfermeira predileta de Tessa, Jasmine, entrou no quarto. Jasmine era das Bahamas e tinha um nome apropriado. Sempre que entrava no quarto de Tessa, um perfume floral cativante a precedia, e ainda durava muito tempo após ela sair.

— Teve um pesadelo? — perguntou.

— Por que acha que foi pesadelo? — questionou Tessa.

— Você chamou o nome dele.

Tessa procurou um lenço de papel para secar os olhos, mas a caixa estava vazia.

— É o que chamamos de aparição em sonho — disse Jasmine, pegando uma nova caixa no armário. — É bem comum aqui no hospital. Não precisa se preocupar, faz parte do processo de luto. É uma maneira do seu subconsciente se adaptar à perda.

— Não foi um sonho normal, Jazz. Parecia uma realidade virtual em alta definição. Parecia que Skylar estava aqui. Foi como se ele estivesse me visitando.

— Hum — disse Jasmine, evidentemente duvidando. — Aposto que Doris ia adorar saber dessa história.

— Doris?

— É uma paciente com câncer, do quarto 406. Ela teve um ano difícil, mas está aguentando. Disse que está escrevendo um livro sobre a vida após a morte.

Tessa ergueu a sobrancelha, cética.

— Valeu, mas dispenso.

Jasmine deu uma risadinha.

— Eu te entendo. Outro dia, ela se ofereceu para ler minha aura. Recusei educadamente.

Foi então que Tessa percebeu que Jasmine segurava um saco plástico. Estava cheio de roupas dobradas e selado a vácuo. Ela o estendeu para Tessa.

— O que é isso?

— Seus pertences do dia do acidente. A polícia os devolveu hoje de manhã.

— Eles encerraram as investigações do acidente? *Já?*

— Os exames indicaram que nem Skylar nem o outro

motorista tinham usado drogas ou bebido. Isso costuma ser o fim do caso.

— Eles nem me interrogaram — disse Tessa, tristemente.

— Achei que você tivesse dito que não se lembrava de nada daquela noite.

Não era exatamente verdade. Tessa se lembrava de *algumas* coisas. A chuva torrencial. A água na altura dos seus tornozelos enquanto ela corria para a casa de Skylar. A lanterna traseira do jipe dele, dando ré para sair de casa. E um poste quebrado, com a lâmpada tremeluzindo e zunindo como um estroboscópio. Depois disso, havia apenas um branco – como se as últimas páginas de um livro de suspense tivessem sido arrancadas por um leitor sádico, impossibilitando o leitor seguinte de descobrir a identidade do assassino.

— É possível que você nunca recupere todas as lembranças daquela noite — disse Jasmine. — E talvez seja melhor assim.

Ela deu um tapinha no ombro de Tessa e saiu do quarto.

A garota olhou para o saco. Ele dizia: DEPARTAMENTO DE POLÍCIA DE MARGATE – PROVAS. Logo abaixo, alguém tinha escrito com caneta permanente o nome dela, o número do caso e a data do acidente. Era horrível pensar que o pior dia da sua vida pudesse ser reduzido a apenas algumas letras e números.

Tessa rasgou a parte de cima do saco e o abriu. O ar guardado se espalhou. Ela começou a vasculhar o que tinha dentro. Havia algumas roupas – sua calça jeans, a camiseta, o tênis de lona, que estavam manchados com gotículas de sangue. Também havia o boné laranja de Skylar, agora rasgado e sujo. E, por fim, o iPhone de Tessa, que parecia ter sido passado em um moedor de carne industrial. A tela preta estava estilhaçada, o aparelho encurvado como uma batata Pringles. Apesar das péssimas condições, Tessa apertou o botão para ligá-lo. Como era de se esperar, o telefone não quis saber de ressuscitar.

Seu iPhone, assim como Skylar, estava morto.

dezesseis dias depois

— **Respire fundo, Tessa.** Inspire e expire.

Ela estava sentada em uma sala de exame estreita. Mel e Vickie estavam em duas cadeiras lado a lado, desempenhando o papel de pai e mãe preocupados. Há uma quantidade limitada de expressões de preocupação que podem aparecer no rosto de uma pessoa, e, após semanas de consultas médicas ininterruptas, Vickie e Mel tinham virado especialistas em todas elas.

O dr. Nagash estava examinando Tessa, deslizando o disco frio do estetoscópio na pele descoberta do seu peito. Uma linha irregular de pontos dividia seu esterno, indo da base do pescoço até o topo da barriga. Considerando o tamanho e o local da cicatriz, Tessa agora teria uma desculpa legítima para nunca mais usar biquíni, e ela não via nenhum problema nisso. Tessa odiava biquínis; eles a deixavam extremamente constrangida. No entanto, ela os usava mesmo assim. Não dava para resistir a tanta pressão das outras meninas.

Toda vez que Tessa inspirava, ela se contraía quando os nervos, os ossos e a cartilagem em seu peito se queixavam. Desejava voltar aos primeiros dias de sua recuperação, quando a morfina fluía livremente, permitindo-a silenciar a sua dor com rapidez.

O dr. Nagash tirou o estetoscópio dos ouvidos e girou na cadeira, olhando para a tomografia mais recente de Tessa no monitor.

— Estou bastante animado, Tessa. O músculo do seu coração está sarando bem. — Ele apontou para um borrão rodopiante e instável de cores e formas incompreensíveis. — Dá para ver bem aqui: o seu ventrículo esquerdo está funcionando muito bem, apesar da lesão.

Vickie suspirou de alívio.

— Finalmente alguma notícia boa.

— Ela é mesmo uma garota de sorte — afirmou o médico. — De cada dez pessoas com essa mesma lesão, nove falecem na minha mesa de cirurgia.

— Mas eu *morri* — insistiu Tessa. — Os paramédicos disseram que meu coração parou por dois minutos.

— É verdade — disse Mel. — Além disso, ela viu a luz branca. E teve alucinações.

Tessa sentiu-se irritada. Ela não devia ter contado aos dois sobre o túnel de luz.

— Aquilo *não* foi uma alucinação, Mel.

— Você viu sua avó que já faleceu — disse ele.

O dr. Nagash interveio:

— É uma experiência de quase morte, uma EQM. Quando o corpo humano sofre algum traumatismo severo, o hipotálamo inunda o cérebro com opioides que aliviam a dor. Eles são mais conhecidos como endorfinas e podem criar perturbações aurais e visuais.

— Então tudo que ela viu e sentiu... — continuou Mel.

— Faz parte de um processo neurobiológico comum. Não precisa se preocupar.

De algum modo, o dr. Nagash acabara de reduzir a experiência sensorial mais incrível da vida de Tessa a uma equação química. Porém, como uma sequência de letras e números explicaria a luz branca e dourada e a perfeição avassaladora que ela sentiu envolvê-la? Quer ela gostasse ou não, ninguém jamais entenderia o que tinha vivenciado. Aquilo continuaria sendo uma das experiências da vida que seria somente sua.

— Então quando podemos levá-la para casa? — perguntou Vickie.

— No fim da semana. Até lá, não vou ter mais nenhum motivo para mantê-la internada.

Vickie segurou a mão de Tessa, apertando-a. Mas Tessa afastou-a com rapidez. Ela não gostava quando Vickie a tocava, e agora que seu corpo era uma ferida gigantesca, gostava menos ainda. Ela viu a mudança na expressão de Vickie, era impossível não notar a rejeição em seu rosto.

— Quero fazer uma alerta para vocês — disse o dr. Nagash. — Tessa precisa ter todo o cuidado nas próximas semanas. O coração dela ainda está nas fases iniciais do processo de cura. Esforço ou estresse em excesso podem terminar rompendo o reparo. E nem preciso dizer que é quase certo que uma hemorragia grave a mataria.

O dr. Nagash olhou nos olhos de Tessa e falou com muita seriedade:

— Se sentir qualquer dor no peito ou falta de ar, pare o que estiver fazendo e ligue para a emergência imediatamente. Entendeu?

cento e quinze dias antes

Uma máquina que testasse DNA seria um bom começo. Tessa estava com o boné de Skylar e pensou que poderia colher uma amostra do suor dele – ou, se tivesse sorte, encontrar um fio de cabelo seu. Em seguida, ela precisaria acessar o banco de dados do FBI. Adam Zolot era *o* hacker do colégio Atlantic City High School. Diziam que ele tinha invadido o servidor da Amazon e conseguido coisas de graça pelo resto da vida. Tessa tinha certeza de que Adam usaria suas habilidades para acessar o computador central do FBI após ganhar uma graninha e ter seu ego inflado. Se tudo desse certo, ela descobriria o sobrenome de Skylar, seu telefone e onde ele morava. Então inventaria uma desculpa para perambular perto da casa dele alguma tarde e esbarraria com ele "por acaso" quando ele estivesse voltando do colégio. Desta vez, contudo, ela deixaria seu interesse bem mais evidente. Seria esperta e diria coisas sagazes. E Skylar se impressionaria tanto que a convidaria para alguma aventura, como uma viagem a Paris ou...

Meu Deus do céu, Tessa, você tem que parar com isso! Faz três meses que está imaginando esses cenários malucos. Aceite logo: jamais vai vê-lo de novo.

Era uma quarta-feira à tarde, e Tessa estava no fundo da sala de aula de fotografia do sr. Duffy. Ele, um hippie de cabelos castanho-claros que gostava de gravatas com estampa *paisley*, estava na frente da turma, criticando a foto de um aluno. Mas Tessa tinha parado de escutá-lo.

Ela passara as semanas após seu encontro com Skylar em um estado de animação suspensa. Bem, talvez não suspensa, pois ela *realmente* fizera o possível para encontrar Skylar, começando pelo lugar onde o vira pela primeira vez. Todo fim de semana, ela levava a câmera para a praia e caminhava, fotografando, com seus olhos percorrendo o litoral para ver se ele não reaparecia. Ela também passara inúmeros dias e noites no cinema, às vezes assistindo ao mesmo filme duas vezes, na esperança de encontrar Skylar de novo. Porém, apesar de todo o seu esforço, o garoto de olhos verdes continuou se esquivando.

— Pode vir, Tessa — disse o sr. Duffy. — Você é a próxima.

Merda. Era sua vez de apresentar uma foto. Tessa odiava isso. Ela só compartilhava suas fotos quando era absolutamente necessário, ou seja, na sala de aula ou quando Mel dizia que só lhe daria dinheiro se pudesse dar uma olhadinha no que ela andava fazendo. Não é que Tessa achasse que não tinha talento. Ela sabia que era a melhor fotógrafa da turma, provavelmente da escola. No entanto, também sabia que praticamente todo colégio do mundo tinha seu "melhor fotógrafo", o que significava que havia milhares de jovens por aí com o talento igual ou superior ao seu. Qual era a probabilidade de suas fotografias serem melhores do que as deles?

Tessa foi para a frente da sala. Tirou a foto do envelope plástico e a pôs no cavalete.

— Tirei em fevereiro — disse Tessa, nervosa. — No dia após a nevasca.

Ela se afastou da foto para que a turma a visse. Como sempre, era em preto e branco, pois Tessa acreditava que a cor drenava a poesia das imagens. Era a imagem de uma árvore alta, perfeitamente simétrica, coberta de neve. Ao analisá-la agora, na frente da turma, Tessa percebeu todos os seus defeitos. Lente errada, ângulo errado, contraste demais, deveria ter mais alguma coisa em primeiro plano. Era como se olhar no espelho e sentir um orgulho estranho por conseguir identificar suas imperfeições físicas.

Danny Karsevar, o aspirante a comediante da turma, foi o primeiro a fazer um comentário:

— Foi assim que passou o dia da nevasca? — perguntou ele. — Tirando fotos de *árvores*?

Uma gargalhada espalhou-se pela sala. Tessa ficou imensamente constrangida. Ela odiava ser o centro das atenções. Surgiu uma raiva súbita em seu interior, e ela retrucou:

— Não é uma árvore, babaca. É uma torre de celular *disfarçada* de árvore.

Quando Tessa contou à turma o que eles realmente estavam vendo, a reação foi um silêncio surpreso. Alguns alunos inclinaram-se para a frente, querendo confirmar o que Tessa acabara de lhes dizer.

— Então é uma metáfora? — questionou o sr. Duffy.

— Isso — respondeu Tessa. — Uma metáfora para a artificialidade da vida moderna. Acho perturbador o fato de a natureza estar sendo ardilosamente cooptada pela tecnologia.

Gerald Chapman opinou com entusiasmo:

— Achei irado — declarou ele. — Tessa sempre percebe essas coisas que ninguém mais nota.

Naturalmente, Gerald estava sendo generoso. Ele era a fim de Tessa desde o sétimo ano.

Vendo uma oportunidade de levar a melhor, Danny atacou:

— Esquece, cara. Não é puxando saco que você vai ganhar uma punheta.

Desta vez, a turma inteira caiu na gargalhada, mas eles foram interrompidos pelo sinal. Os alunos pegaram suas bolsas e foram aos bandos para o corredor.

Enquanto Tessa guardava a foto no envelope, o sr. Duffy apareceu atrás dela.

— É uma ótima foto, Tessa. Sua habilidade técnica progrediu muito este ano.

— Acho que sim — respondeu, sem parecer entusiasmada.

— Sei que é um pouco cedo, pois ainda está no penúltimo ano. Mas um velho amigo meu faz parte do comitê de admissão de novos alunos da RISD. Se quiser, posso falar de você.

A Escola de Design de Rhode Island? A melhor universidade de artes do país? Até parece. Era mais provável ela ser atingida por um raio enquanto ia buscar o prêmio que tinha ganhado na loteria.

— Obrigada. Mas minhas fotos ainda não estão nesse nível.

— Ah, é? O que acha que está faltando?

Tessa refletiu sobre a pergunta por um instante.

— Acho que um ponto de vista. Algo que só eu tenha a dizer.

O sr. Duffy assentiu, cruzando os braços.

— Bem, tem algo nitidamente ausente em todas as suas fotos.

— Eu sei — afirmou Tessa. — Cor.

48 MARC KLEIN

— Não. *Pessoas*.

Não. Não podia ser. Ela tirava fotos, sim, de...

Pera aí... ele tinha razão. Tessa tirava fotos de lugares, de ambientes, de praias vazias e de ruas urbanas desertas. Jamais enquadrava pessoas, nem mesmo pessoas conhecidas, no retângulo de seu visor.

— Sabe de uma coisa? Uma vez, Sally Mann disse que, para encontrar sua voz, você precisa encontrar um tema que ame... o que ou quem você ama, Tessa?

Ela percebeu que não sabia responder à pergunta.

O ônibus municipal estava abarrotado de alunos, e o barulho era quase insuportável. Tessa estava sentada a uma janela, observando a Ventnor Avenue passar do lado de fora.

— E aí, o que você acha?

Tessa se virou. Shannon estava sentada ao lado dela, segurando seu iPad, que mostrava um site de "monte sua própria BMW".

— Vermelho? — perguntou Tessa.

— As cores chamativas estão em alta.

— Acho que está se aproveitando da generosidade do seu pai.

— Claro! Os pais asiáticos fazem *de tudo* para os filhos que só tiram nota dez. E, até agora, este semestre está garantido.

— Dez? Não é ambicioso demais para alguém que nunca tirou mais do que sete? Ele poderia te dar um carro usado pela metade do preço.

Shannon fez uma expressão de nojo.

— Um carro usado? Isso é até gatilho para mim.

Tessa riu. Era isto que ela mais amava em Shannon: suas

AINDA ESTOU AQUI   **49**

demonstrações descaradas de superficialidade. Mesmo após tantos anos, Tessa não sabia quando Shannon estava sendo exigente de verdade ou quando estava zombando ironicamente de sua vida privilegiada como filha de um bem-sucedido cirurgião plástico. Essa dúvida fazia Tessa ter uma eterna curiosidade em relação a Shannon.

— E aí, Tess?

Ela olhou para cima e viu Cortez Cole parado, com o braço ao redor da barra prateada. Ele era atlético e encantador, com olhos azul-cerúleos e cabelos loiros macios que pareciam ser lavados com sabão para roupas. Comportava-se como se sua família tivesse bastante dinheiro, e tinha mesmo, a prova disso era uma luxuosa casa na baía.

— Vai fazer alguma coisa no fim de semana? — perguntou, casualmente.

Quando falava com as garotas (e com alguns garotos), Cortez as deixava meio nervosas. Era um fato biológico sobre o qual ninguém tinha controle, como a digestão dos alimentos ou o suor quando faz calor. E Tessa odiava admitir que também achava Cortez sexy. Porém, isso não significava que ela precisava bajulá-lo como todas as outras meninas do colégio. Em vez disso, Tessa fazia questão de tratar Cortez como se fosse indiferente a ele. O ego do garoto já era grande o suficiente.

— Por que quer saber? — disse Tessa, tentando parecer mais irritada do que estava.

Antes que Cortez pudesse responder, Shannon se intrometeu na conversa.

— Na verdade, eu sou a assistente da Tessa em tempo integral. Então posso afirmar, com absoluta certeza, que ela não tem nenhum plano para o fim de semana.

Cortez prosseguiu como se Shannon não tivesse falado.

— A última competição de remo da temporada é no sábado. Queria saber se você topa ir tirar umas fotos lá no rio Cooper.

— Fotos de quê? — perguntou Tessa.

— Ora, de quem mais seriam? Minhas, claro! É minha última competição pelo colégio, e eu queria ter algumas fotos mandando bem para guardar de recordação. Pode ser seu presente de formatura pra mim.

Meu Deus, a arrogância dele era brochante.

— Foi mal — disse Tessa —, mas não entendo de fotografia esportiva. Por que não prende um pau de selfie no pescoço e se fotografa sozinho?

Mas Shannon não conseguiu se conter:

— Na verdade, faço parte da equipe do anuário, e estamos com pouquíssimas fotos de esportes. Então, sim, a gente vai.

— A gente? — questionou Tessa.

— Uhum. Vou ser sua assistente de fotografia.

Incrível. Shannon *sempre* tinha segundas intenções. Elas não tinham nada a ver com as fotos do anuário e tudo a ver com a dupla de Cortez no remo, Judd, por quem Shannon era obcecada desde... bem, desde sempre.

Teoricamente, Tessa tinha escolha. Ela *poderia* dizer não. Mas aí Shannon faria um inferno na sua vida, acusando-a de ser egoísta e uma péssima amiga. E Shannon sempre encerrava seus protestos fazendo-a se sentir culpada: *se fosse o inverso, eu faria isso por você num piscar de olhos.*

Então, não. Na verdade, Tessa não tinha escolha. Ela *precisava* ajudar a melhor amiga.

— Tá bom — concordou.

— Maneiro — disse Cortez. — A primeira corrida começa às seis e meia. Nos vemos lá.

Quando Cortez voltou para o meio da multidão, Shannon pareceu ficar horrorizada e lhe disse com rapidez:

— Da manhã?

Ainda agitada, Shannon se virou para Tessa.

— Não é seis e meia da manhã, é?

Shannon insistiu em descer duas paradas antes para que elas pudessem fazer compras na Ventnor Avenue. No entanto, Tessa ainda estava irritada com o que acontecera no ônibus.

— Que merda foi aquela? — perguntou ela.

— O quê? — disse Shannon, fingindo não entender. — A gente está *mesmo* precisando de fotos para o anuário. Além disso, se quer ser a próxima Annie Leibovitz, não pode recusar trabalho.

— Não quero ser a próxima Annie Leibovitz, quero ser a primeira Tessa Jacobs.

Shannon balançou a mão, desdenhosamente.

— Como fotógrafa de moda, você ganharia *bem mais*.

— Não aja como se tivesse feito isso pela minha evolução como artista. Nós duas sabemos muito bem que você quer apenas ficar com o Judd.

— O que você tem contra ele?

— Tá falando sério? Ele é a cara dos atletas das comédias românticas dos anos oitenta. Só falta um pouco de gel no cabelo e um cérebro entre os ouvidos.

— Está bem. Admito que talvez Judd possa ser considerado um babaca. Mas não vale a pena ficar a fim de nenhum garoto que não seja assim.

— Não é verdade. Skylar não era babaca.

— Um garoto que você imaginou não pode ser nada, nem

mesmo um babaca.

— Ele não foi imaginação minha — disse Tessa, com um toque de irritação na voz.

— O cara é um fantasma! Sabe quantas horas passei on-line, tentando encontrar provas da existência dele?

— Eu nunca te pedi isso.

— Citando Dionne Warwick, "é para isso que servem os amigos".

— Quer ser uma amiga melhor ainda? Esqueça Skylar. Eu o esqueci.

Elas pararam na esquina, esperando o sinal ficar verde para os pedestres. Como uma mariposa atraída pela luz, os olhos de Tessa se voltaram para o Little Art Theater do outro lado da rua. Sherman estava na frente dele, em cima de uma escada, trocando as letras da marquise. Ele avistou Tessa na esquina e notou a expressão em seu rosto, que parecia lhe perguntar: *Você o viu?* Sherman balançou a cabeça compassivamente, respondendo-a em silêncio: *Lamento, mas não.*

Após testemunhar a interação dos dois, Shannon acotovelou Tessa de trás dela.

— Pois é, né. Você o esqueceu *completamente.*

cento e doze dias antes

O percurso pela rodovia foi tranquilo. Enquanto Tessa dirigia, Shannon dormia no banco do passageiro, com um *latte* com quatro doses de espresso entre as pernas. Por algum motivo, Tessa não tinha conseguido conectar o iPhone ao carro de Vickie naquela manhã, então estava ouvindo debates no rádio. Eram mulheres e homens casados querendo conselhos para resolver seus dilemas domésticos. Tessa percebeu que as pessoas casadas faziam a pior propaganda possível para a instituição do casamento.

Uma hora depois, as duas estavam andando pela marina do rio Cooper, passando pelos remadores colegiais que se alongavam e se aqueciam para as corridas. Elas encontraram Cortez e Judd na margem do rio, no meio de seu ritual pré-corrida, cantando "Lose yourself", do Eminem.

Quando os garotos perceberam que Tessa já estava tirando fotos deles, começaram a fazer poses para a câmera, dançando e gesticulando como astros do hip hop. Ela abaixou a câmera em protesto.

— Ou eu tiro fotos espontâneas — começou —, ou não tiro nenhuma foto.

Os garotos pareceram entender o recado e voltaram a se aquecer.

Shannon estava parada atrás de Tessa, com os óculos escuros cobrindo seus olhos sonolentos. Evidentemente, ela estava cansada demais para dar em cima de Judd, dizer gracinhas era exaustivo, então aproveitou a ocasião para avaliar o trabalho da amiga.

— Não está longe demais deles?

— É uma questão de saúde e de segurança — respondeu Tessa.

— Mas como espera capturar o espírito de equipe e a bonomia?

Tessa lhe lançou um olhar fulminante.

— Que tal pegar leve com as palavras difíceis?

Uma voz em um alto-falante atravessou o ar:

— Duplas, estejam na água em dez minutos!

Aos gritos, Judd saltou nas costas de Cortez e os dois caíram no chão, formando um amontoado de adolescência masculina.

Tessa revirou os olhos:

— Senhoras e senhores, eis um exemplo de masculinidade tóxica.

— Você precisa vestir isto aqui.

Um ex-atleta barrigudo estava estendendo um colete salva-vidas laranja para Tessa. Ela notou vários outros caras de meia-idade no barco dos técnicos, mas nenhum de colete.

— Por que só eu preciso? — questionou. — É porque sou mulher?

— Não. É porque somos gordos. E banha boia!

Todos os técnicos caíram na gargalhada. Tessa percebeu que os atletas não mudavam quando envelheciam. Continuavam sendo uns merdinhas atrevidos, só que com menos cabelo e cinturas mais largas.

Tessa pôs o colete pela cabeça. Estava úmido por conta da água do rio, e sentiu frio na nuca exposta. De repente o motor começou a chacoalhar sob seus pés, e Tessa inspirou uma nuvem de gases de escapamento que lhe pareceram estranhamente agradáveis.

Shannon gritou da margem:

— Nos vemos na linha de chegada, Tess!

Tessa acenou para a amiga enquanto o barco dos técnicos dava ré para sair do cais e fazia um amplo arco na direção da linha de partida, onde todas as equipes se preparavam para a prova de 150 metros.

Tessa ficou um pouco mais animada ao ver que Cortez e Judd estavam na raia perto dela, pois assim não haveria nada obstruindo suas fotos.

— PREPARAR! — soou a voz no megafone.

Tessa ergueu a câmera. Ao olhar pelo visor, ela avistou Cortez e Judd sentados dentro do barco para duas pessoas, as mãos segurando os remos, pernas travadas e a postos. Mais uma vez, ela resistiu à pequenina atração que sentia por Cortez. Lembrou que era como ver uma escultura grega em um museu: era possível admirar sua beleza mesmo que ela não fosse viva, tal como a personalidade de Cortez.

E então, no megafone:

— Já!

Os competidores partiram. Imediatamente, o motor rangeu sob os pés de Tessa, e o barco fez um movimento abrupto para a frente. A espuma se agitou sob o casco quando a embarcação rapidamente ganhou velocidade, alcançando os remadores, seguindo ao lado deles para que os técnicos pudessem observar e corrigir a desenvoltura.

Cortez e Judd começaram bem e já estavam a algumas remadas à frente dos outros. Tessa focalizou o rosto de Cortez, captando sua força de vontade. Ao lado de Tessa, os técnicos gritavam instruções para suas respectivas equipes:

— Mais potência!

— Sintam a conexão!

— Remada mais ampla!

— Força, força!

Quando eles passaram pelo ponto que marcava metade da corrida, Cortez e Judd estavam na liderança com folga e não mostravam nenhum sinal de que iam perder o ritmo. Porém, algo apareceu no lado esquerdo do visor de Tessa, inserindo sua ponta no enquadramento. No começo era apenas um borrão, uma distração inconsciente, mas então Tessa percebeu que era outro barco, aproximando-se de Cortez e Judd. Intrigada, ela direcionou a câmera para a esquerda e focalizou outros dois remadores.

Dois competidores em busca da vitória.

Todavia, um deles, o da frente, parecia... familiar.

Na verdade, ele não apenas parecia familiar, ela *sentia* como se fosse familiar, como se ele transmitisse uma energia invisível que somente Tessa conseguia captar. Seus bíceps alargavam-se e contraiam-se à medida que o corpo deslizava graciosamente no barco, para trás e para a frente, os remos entrando e saindo da água com uma perfeição fluida. Tessa demorou mais alguns segundos para perceber que ele estava com uma regata laranja com a letra P em preto.

Não. Não é possível. Não pode ser.

Tessa virou-se, e seus olhos percorreram os técnicos que a acompanhavam no barco. Ela percebeu que um deles estava usando um boné laranja com a letra P em preto. Um boné idêntico ao que Skylar deixara no cinema.

— Com licença — gritou Tessa para ele. — O senhor é de que equipe?

Sem desviar os olhos, o técnico respondeu:

— Princeton High!

Com um aperto no peito, Tessa vasculhou a bolsa da câmera, tirou a lente de zoom e a colocou no lugar da lente de cinquenta milímetros que usara a manhã inteira. Ela pôs a câmera na horizontal e girou a lente para poder olhar de perto a equipe de Princeton High. Primeiro a imagem ficou embaçada. Mas depois ela ajustou o foco...

E foi então que avistou Skylar.

Uma fraqueza se espalhou pelo corpo dela, fazendo sua mão escorregar. A câmera balançou na alça, atingindo seu esterno, causando uma forte pontada.

Depois de alguns segundos, Skylar e sua dupla ultrapassaram os outros. E agora eles estavam lado a lado com Cortez e Judd, disputando a liderança a cada remada.

Cortez e Judd pareciam ofendidos com o barco ali ao lado, cuja proa estava a alguns centímetros na frente deles. Tessa jamais vira Cortez tão aflito, tão indefeso. Ela sentiu uma onda extra de prazer por saber que era Skylar que o estava deixando assim. Cortez e Judd remavam com toda a força que tinham, desesperadamente ofegantes. Porém, eles não foram páreo para Skylar e sua dupla, que seguiram avançando e cruzaram a linha de chegada, vencendo a corrida.

***

Shannon ficou bem irritada.

— Você nem me disse que ele era gostoso!

— Hum, eu disse, sim — respondeu Tessa.

— Não. Você falou que ele era *fofo*. Emojis são fofos. Aquele cara é gostoso no nível vou-dar-pra-você-na-primeira-ficada!

— Shhh!

Tessa e Shannon estavam a uns vinte metros de distância de Skylar, encarando-o. Ele estava de costas, deitado no cais de madeira. Ainda ofegava bastante devido à corrida, e estava tentando tirar a regata encharcada de suor. Quando finalmente conseguiu removê-la, Shannon soltou um gemido animado.

— Jesus amado — murmurou ela. — A barriga dele é trincada de um jeito que eu nem sabia que era possível!

À medida que os segundos se passavam, Tessa foi ficando mais ansiosa. Ela imaginara aquele reencontro de um milhão de maneiras diferentes, mas, agora que Skylar estava ali, pensou se não seria melhor que ele continuasse sendo um mistério.

— Vamos embora — pediu Tessa, virando-se para o estacionamento.

Shannon segurou-a com força.

— *Embora?* Pirou de vez? Você passou meses obcecada por ele. Não pode ir embora agora.

— O que eu falo para ele? — disse Tessa.

— Que tal: *me agarra?*

— É sério, Shannon!

— Comece com algo simples, tipo... parabéns. Ele venceu a corrida, não foi?

Tessa suspirou.

— A realidade nunca corresponde à nossa imaginação.

— Talvez. Mas é só na realidade que tem *frozen yogurt*. Agora vai lá jogar um charme.

Shannon empurrou Tessa para a frente, na direção do cais. De trás dela, Shannon perguntou:

— Posso filmar o reencontro para o meu Insta?

— Só se quiser uma morte prematura.

A cada passo que Tessa dava, o nervosismo se agitava em seu peito. *O que devo dizer? Meu Deus, e se ele não se lembrar de mim? E se ele tiver namorada?*

Quando Tessa finalmente chegou ao cais, ela parou diante dos pés de Skylar, com ele ainda deitado. Ele semicerrou os olhos e ergueu a mão para bloquear o sol forte. Tessa continuou imóvel, congelada como uma estátua. Ela só conseguiu falar uma única palavra:

— *Bonjour.*

Quando ele a viu, o rosto de Skylar se alegrou na mesma hora. Era óbvio que, além de se lembrar dela, ele tinha adorado vê-la. Ele se levantou com um salto e gritou o nome dela.

— Tessa!

Mas então Skylar fez uma careta, e sua expressão se transformou de alegria em agonia. Suas pernas cederam e ele tombou para a frente, surpreendendo Tessa ao cair em seus braços. Ela não conseguiu segurá-lo, e os dois despencaram no cais, um emaranhado de pernas e braços.

Skylar abriu um sorriso encabulado.

— Que droga, me desculpe. Depois das corridas, minhas pernas ficam feito gelatina.

Ele se ergueu com dificuldade, equilibrou-se e ajudou Tessa a se levantar.

— Não acredito que você é atleta — disse Tessa.

— Ah, deixa disso. Nós não somos tão terríveis assim.

— Atletas não falam francês, italiano, espanhol e português.

— Este aqui fala.

— Bem, mas eles *com certeza* não leem Jane Austen nem Charlotte Brontë.

Skylar deu de ombros.

— O que posso dizer? Adoro um final feliz.

Tessa não pôde deixar de sorrir, aliviada por ele ainda se lembrar dos detalhes da conversa dos dois. A mesma conversa que ela repetira mentalmente dezenas de vezes, frase por frase, ao longo dos últimos três meses.

Antes que ela pudesse responder, uma voz feminina berrou atrás deles:

— Isso que é fechar com chave de ouro!

Skylar revirou os olhos.

— Ah, merda.

Era o tipo de *ah, merda* que os adolescentes só dizem quando seus pais estão se aproximando. E, de fato, alguns segundos depois, uma mulher esbelta de cabelos loiros e feições delicadas apareceu atrás de Skylar. Ela abraçou seu tronco nu com entusiasmo e o bombardeou com uma enxurrada de afeto.

— Meu Deus, mãe, me solta, *por favor*.

A mãe de Skylar afastou-se com relutância, depois percebeu Tessa parada em silêncio na sua frente. Após um instante, os olhos de sua mãe se arregalaram, reconhecendo-a.

— É a menina do cinema!

Pera, *como é que é*? Como é que a mãe dele sabia quem ela era?

— Mãe, o nome dela é Tessa.

— Não estou entendendo — disse Tessa. — Como você...?

— Os olhos azuis! — respondeu ela. — Skylar falou deles sem parar.

Skylar ficou branco de vergonha.

—Alguém sabe de um buraco escuro e profundo onde eu possa me esconder?

— Sabia que ele passou semanas e semanas procurando você na internet?

— Mãe!

— Mas ele não conseguiu descobrir nadinha a seu respeito.

— É de propósito — disse Tessa, com orgulho.

— Está vendo só? — perguntou Skylar. — Eu disse que ela é antiquada como eu.

O som de um celular tocando interrompeu-os. A mãe de Skylar tirou o aparelho do bolso e olhou a tela. Ao ver quem estava ligando, franziu a testa, apreensiva.

— É seu pai. — Ela suspirou.

— Atenda. Diga que venci — sugeriu Skylar.

Mas a mãe de Skylar rejeitou a ligação.

— Você mesmo pode ligar para ele depois. — Ela guardou o celular e se virou para o filho outra vez. — Vai voltar no ônibus da equipe?

— Não — disse Skylar. — Vim de carro. Vou passar o fim de semana com o vovô. Mas antes queria saber se Tessa não gostaria de sair comigo.

Tessa precisou usar todas as suas forças para não dançar de tanta euforia. Ela adorou o convite formal para sair. Não era nada antiquado; era um sinal de que ele estava interessado e que não tinha medo de admitir isso. Mas é óbvio que Tessa não podia demonstrar seu entusiasmo, então deu de ombros sutilmente, toda blasé, parecendo dizer: *tá bem, por que não?*

A mãe de Skylar pareceu confusa.

— Vocês vão sair, é? Achei que os jovens de hoje em dia não tivessem mais encontros românticos. Achei que vocês só... como é que se diz mesmo... ficavam se curtindo?

Tessa e Skylar sorriram ao mesmo tempo.

— Isso — respondeu Tessa — vem *depois* da saída. E, por favor, diga ao seu filho que a "menina do cinema" adoraria sair com ele.

dezenove dias depois

Em sua última noite no hospital, Tessa percebeu uma sensação familiar de luto borbulhando dentro de si. Como sempre, seria apenas uma questão de tempo antes que a bolha estourasse, soltando um espasmo de histeria total. Estava mais do que na hora de chorar.

Ela saiu de debaixo das cobertas e pôs os pés no chão. Viu o boné laranja de Skylar na mesa de cabeceira e sentiu uma inspiração repentina. Esta noite, Tessa levaria o boné para o banheiro. Assim, enquanto chorasse, poderia tocar em um objeto que ele também tocara.

Após trancar a porta, Tessa sentou-se no piso frio e se encostou na parede. Lágrimas escorreram pelo seu rosto, seu queixo, seu pescoço. Ela começou a se comunicar com o boné de Skylar, pedindo-o silenciosamente para que a animasse. *Compartilhe algumas lembranças comigo*, suplicou. *Faça a dor ir embora.*

Desde que encontrara o boné de Skylar no cinema, Tessa tentara devolvê-lo. Porém, sempre que ela o oferecia, Skylar recusava, insistindo que o universo queria que ela ficasse com ele. Por não estar convencida, Tessa finalmente escondeu-o na mochila de Skylar quando ele não estava vendo. Alguns dias depois, no entanto, ela encontrou o boné no armário de seu quarto, no meio dos moletons. E assim começou uma brincadeira de verão. Tessa escondia o boné nas coisas de Skylar – no seu porta-luvas, na sua fronha –, mas sempre o encontrava alguns dias depois entre os próprios pertences.

— É claro que os deuses querem que você fique com o boné — declarava Skylar, com um olhar charmoso e inocente no rosto.

De repente, alguém bateu delicadamente à porta do banheiro. O som arrancou Tessa de suas lembranças do verão e a trouxe de volta ao piso frio.

— Só um segundinho — pediu.

Devia ser Jasmine, querendo ver se ela estava bem.

Tessa levantou-se e tirou alguns lenços de papel de uma caixa debaixo da pia. Ela assoou o nariz enquanto espiava seu reflexo no espelho. Era incrível como algumas semanas de depressão mudavam um rosto humano. Suas pálpebras estavam inchadas, sensíveis ao toque. Estava com olheiras escuras sob ambas as órbitas oculares. O pior de tudo, porém, era a palidez. Nem toda a base do mundo seria capaz de dar uma corzinha à sua pele.

Mais uma batida à porta. Agora um pouco mais forte, mais insistente.

— Tá bom, Jazz. Já vou.

Ela escancarou a porta do banheiro, esperando ver Jasmine. Não havia ninguém, contudo. Confusa, Tessa deu uma olhada no corredor, mas a ala estava deserta, o posto de enfermagem sem ninguém.

Que estranho. Tessa tinha certeza de que escutara alguém bater à porta. Será que tinha sido sua imaginação? Improvável. Sua equipe médica fizera várias tomografias em seu cérebro e, felizmente, nenhum dano tinha sido encontrado.

Ping!

O som de uma mensagem de texto espalhou-se no ar. Fazia tempo que Tessa não ouvia o toque que ela tinha escolhido para as mensagens.

Pera aí. Uma mensagem? Era impossível. Seu celular estava destruído. Tessa virou-se, seus olhos atraídos para a mesa de cabeceira, onde deixara o iPhone quebrado. Mas agora a tela estava azul-clara, brilhando. De alguma maneira, ele tinha ligado.

Ao notar que seu celular tinha, como ela, superado as dificuldades e se recuperado dos ferimentos, Tessa esperava ouvir mais *pings*, uma enxurrada deles, na verdade. Afinal, fazia quase três semanas que ela estava no hospital. E, à exceção de Shannon, Tessa tinha perdido o contato com todos os seus conhecidos. Certamente haveria um monte de mensagens fingidas desejando "melhoras", esperando Tessa ligar o telefone. Mas agora que seu celular *estava* ligado, o quarto ficou em silêncio. Nenhum *ping* a mais.

Era exatamente o que ela suspeitava. Ninguém dava a mínima para ela.

Tessa atravessou o quarto e pegou o celular, erguendo a tela para poder ler a mensagem. Uma onda de choque percorreu seu corpo quando ela viu que era de Skylar.

Seu coração explodiu de felicidade, e logo ela sentiu algumas pontadas dolorosas e insuportáveis no peito. Sempre que seu coração batia, ela sentia a dor irromper mais uma vez. Aparentemente, dr. Nagash não estava brincando: o estresse não significava desconforto, significava sofrimento. Ela respirou fundo algumas vezes, permitindo que seu batimento cardíaco voltasse ao ritmo normal, e, felizmente, a dor passou.

Tessa olhou o celular mais uma vez. Ela percebeu que devia ser a última mensagem que Skylar lhe enviara, sem saber que sua vida acabaria minutos depois de apertar *enviar*. Ela encostou o dedão na tela rachada, e a mensagem apareceu. Mas não era uma mensagem. Em vez disso, ela viu um quadrado que dizia: *Anexo: 1 Imagem*.

A última mensagem dele não continha palavras, mas uma imagem.

Tessa apertou o ícone com a ponta do dedo. À medida que o download era feito, uma foto foi aparecendo na tela, materializando-se linha a linha, pixel a pixel.

Uma praia enevoada...

Uma casinha em cima de palafitas...

E Betty e Zorg, se beijando no deque da casa de praia deles.

BETTY BLUE!

Era uma cena do primeiro filme a que eles assistiram juntos. Ela e Skylar costumavam conversar sobre o filme, imaginando como seria perfeito passar uma semana, um mês ou a eternidade juntos naquela casa de praia encantadora.

Então, bem atrás de si, ouviu a voz de Skylar:

— Você assiste, eu traduzo.

Um calafrio percorreu as costas dela, fazendo-a tremer. *Você assiste, eu traduzo?* Essas tinham sido as primeiras palavras que ele lhe dissera, no cinema. Tessa virou-se, mas o quarto estava vazio atrás dela.

Será que ela estava ouvindo coisas? Imaginando a voz dele? Não. Impossível. Porque ver era acreditar... e ela tinha certeza de que a foto da casa de praia estava na sua tela...

Porém, quando Tessa olhou de novo o celular, a imagem tinha desaparecido e sido substituída por um retângulo preto e sem graça.

Mais uma vez, seu celular estava desligado.

vinte dias depois

— Ela está ali.

O enfermeiro apontou para uma mulher sentada em uma cadeira de rodas perto do lago de carpas. Tessa agradeceu-lhe e andou pelo jardim na direção dela. Era bom estar ao ar livre, tomando sol, e ainda melhor estar vestindo as próprias roupas.

Mel e Vickie estavam lá embaixo, assinando formulários e conferindo a conta hospitalar. Tessa dissera-lhes que queria se despedir de alguns de seus médicos e enfermeiros, e que os encontraria na entrada em quinze minutos. Enquanto descia, no entanto, ela decidira fazer um pequeno desvio.

A mulher na cadeira de rodas parecia estar na casa dos sessenta anos. Estava completamente careca. Não tinha sobrancelhas nem cílios, e sua cabeça estava coberta por um lenço com a bandeira de Porto Rico. Havia uma pilha de papéis desorganizados em seu colo, e ela estava escrevendo com furor, como se em um estado de transe.

— Oi — cumprimentou Tessa, nervosamente. Mas a

mulher na cadeira de rodas não respondeu. Ela continuou escrevendo. Então Tessa falou mais alto. — A senhora é a Doris?

A mulher finalmente parou e olhou para cima. Ela tinha olhos azul-claros, e seu rosto estava assustadoramente magro.

— Deixe-me adivinhar... — começou ela. — Quinto andar? A garota do coração partido?

Tessa sentiu-se tomada pela surpresa. Como a mulher sabia quem ela era? Será que era vidente?

— Não — disse Doris, como se estivesse lendo a mente de Tessa. — Não sou vidente. Jasmine me disse que talvez você viesse falar comigo. Lamento muitíssimo a sua perda.

— Obrigada.

— Você machucou as mãos?

— Hã?

— No acidente. Você machucou as mãos?

— Não, por quê?

Doris pôs a mão na *ecobag* que estava na beira do lago. Tirou um frasco de esmalte rosa-choque e o colocou na palma de Tessa. Então Doris mexeu os dedos, indicando que Tessa acabara de ser recrutada como sua manicure.

Intrigada e curiosa, Tessa puxou uma cadeira e começou a pintar as unhas de Doris. Ela olhou as páginas manuscritas no colo da senhora, imaginando que devia ser o livro que Jasmine mencionara.

— Seu livro é sobre o quê? — perguntou Tessa.

— Sobre como fazer o queijo-quente perfeito — disse Doris e abriu um grande sorriso. — Brincadeira. É sobre comunicação após a morte.

Tessa hesitou, então finalmente perguntou:

— Então a senhora acha que os mortos podem...

— Não use essa palavra. Eles não estão *mortos*. São apenas espíritos desencarnados.

— Desculpe... então a senhora acredita que esses... *espíritos desencarnados* podem nos contactar?

— Com certeza. Eu e bilhões de pessoas de várias religiões do mundo também. Sabia que na China eles deixam até os vivos se casarem com mortos?

— Sério?

— É o que se chama de *minghun*, um casamento fantasma. Nunca fui a nenhum, mas já ouvi dizer que a cerimônia é linda. Tem muito *dim sum*. *Dim sum* não é uma delícia? É claro que também já entrevistei dezenas de pessoas que tiveram as próprias experiências. — Doris encostou no manuscrito em seu colo com muito orgulho. — A verdade é que os falecidos podem se comunicar de muitas maneiras diferentes. Às vezes, sentimos sua colônia ou perfume no ar. É uma comunicação olfativa. Em outros momentos, escutamos suas vozes. É uma comunicação auditiva.

Tessa ficou entusiasmada. Era exatamente isso que acontecera na noite anterior, no seu quarto do hospital. Ela ouvira a voz de Skylar.

Doris prosseguiu:

— Independentemente da maneira como eles se comunicam conosco, a mensagem é sempre a mesma: *ainda estou aqui, e o seu luto me chama para perto de você como um farol.*

— E um celular? — perguntou Tessa. — Uma pessoa morta, quer dizer, um *espírito desencarnado* pode mandar uma mensagem pelo celular?

— Na virada do século XX, o número de comunicações com espíritos já registradas estava na casa das centenas. Na virada do século XXI, nos milhões.

— Por quê? O que aconteceu?

— A tecnologia aconteceu. Você precisa entender que os falecidos existem numa frequência vibratória completamente diferente da nossa. Eles são pura energia astral.

Energia astral?

— É evidente que eles podem manipular diversos aparelhos eletrônicos. Computadores, televisões, até mesmo seu celular. — Agora os olhos de Doris estavam bem vivos. — Você se lembra do ano passado, quando toda a rede elétrica parou de funcionar?

— Aquilo foi um fantasma? — perguntou Tessa, duvidando.

— Está tudo aqui — disse Doris, tirando as folhas do seu colo. — No capítulo onze.

Os olhos de Tessa observaram a letra infantil de Doris e os desenhos primitivos e indecifráveis que ela fizera. Parecia o diário de uma louca, o tipo de caderno que um detetive de homicídios encontraria no meio dos pertences de um assassino em série.

— Estou vendo que há dúvida em seus olhos — observou Doris.

— Não — disse Tessa, tentando ser sensível, mas certa de que aquela mulher era insana.

— Não acha que seu namorado quer vê-la tanto quanto você quer vê-lo?

Tessa ouviu a voz de Vickie chamá-la. Ela virou-se e viu Mel e Vickie na entrada do jardim, ambos segurando uma pilha de papéis. Mel parecia nauseado, o que provavelmente significava que os custos hospitalares de Tessa tinham sido astronômicos.

— Hora de ir para casa! — disse Vickie.

— Só um segundinho! — gritou Tessa.

Ela terminou de pintar a última unha na mão de Doris e guardou o pincel no frasco. Enroscou a tampa e se levantou.

— Espere — disse Doris. Ela tirou algo de sua *ecobag*, com cuidado para não manchar o esmalte. Estendeu um livro velho e manchado, com a sobrecapa rasgada. — Leve isto aqui. É meu primeiro livro. É um bom começo.

Mas Tessa não estava interessada em ler o livro daquela doida.

— Tudo bem, não precisa. Obrigada por conversar comigo, Doris. Melhoras.

Enquanto Tessa se virava para ir embora, Doris agarrou-lhe o pulso.

— Em breve você vai mudar de ideia. Em breve seu namorado vai conseguir se comunicar melhor. As mensagens dele serão mais insistentes... menos como um toque delicado, e mais como um forte empurrão.

E então Doris ergueu a caneta e voltou a trabalhar em seu manuscrito.

cento e doze dias antes

Tessa trocou de roupa sete vezes e, mesmo assim, não estava satisfeita. Nada lhe parecia bom, nem mesmo seu vestido predileto, aquele que escondia tudo que ela queria que ficasse escondido e que revelava tudo que ela queria que fosse revelado. Finalmente, escolheu uma calça jeans azul com lavagem desbotada, um suéter de caxemira cinza-escuro e uma sandália vintage que comprara em um brechó no verão anterior.

Ela analisou seu cabelo. No outono passado, estava tingido de loiro e com um corte assimétrico. Tessa gostava mais quando as raízes começavam a aparecer, formando uma faixa escura na risca central do cabelo. Porém, como ela o descolorira apenas alguns dias atrás, não havia nenhuma faixa. E o fato de não estar apresentando sua melhor aparência para Skylar a incomodava.

Meu Deus, ela *odiava* ficar assim. Vaidade se esvaindo pelos poros. Queria um visual com a mesma autenticidade que imprimia em suas fotos. Ao mesmo tempo, não dava para entender por que ela se sentia inadequada? Somente em uma ilha deserta uma garota de sua idade não seria atacada diariamente por barrigas trincadas, bundas redondas e seios voluptuosos no Instagram.

— Você passou perfume?

Tessa virou-se e viu Vickie na porta de seu quarto. Droga. Por que ela não trancara a porta?

— É loção corporal — respondeu, secamente.

— Vai sair hoje à noite?

Tessa suspirou, percebendo que seria impossível evitar aquela conversa.

— Na verdade, tenho um encontro.

Naquele exato momento, Mel saiu do banheiro com um jornal dobrado na axila.

— Um encontro? — perguntou ele. — Com um rapaz?

— Não sei, Mel. Ainda não tirei a roupa dele.

A campainha tocou. *Valeu, Skylar* – literalmente salva pelo gongo.

Tessa passou por Vickie e Mel e correu escada abaixo. Ela respirou fundo, preparando-se para a noite, e escancarou a porta da frente. Surpreendeu-se ao ver Cortez parado, com a calça de moletom puxada até as panturrilhas, o cabelo molhado e sedoso.

— E aí, Tess? Tudo em cima?

— Cortez? O que está fazendo aqui?

— Como assim? Vim buscar minhas fotos. Vamos, você pode me ajudar a escolher as melhores.

Ele começou a entrar na casa, mas Tessa estendeu a mão para detê-lo.

— Foi mal, mas não tenho tempo agora.

— Pô, Tess. São só uns minutinhos.

Cortez percebeu Mel e Vickie no topo da escada, olhando-o.

— E aí, galera! — disse ele, animadamente.

— Seu encontro é com *ele*? — perguntou Mel.

Os olhos de Cortez viraram-se nervosamente para Tessa.

— Encontro? Do que ele está falando?

Tessa empurrou Cortez para fora da casa, até os degraus da varanda.

— Olha só — disse ela —, ainda não revelei suas fotos. Mas prometo que levo as páginas com as amostras para o colégio na segunda, pode ser?

— Páginas com amostras? Por que não podemos ver tudo no seu computador mesmo?

Meu Deus do céu, a situação só piorava. Mas então felizmente apareceu um salva-vidas...

Um Jeep Cherokee dos anos oitenta, com a capota abaixada, virou a esquina e entrou na rua. Skylar estava no volante. Ele virou na frente da casa de Tessa e estacionou a alguns centímetros do carro de Vickie.

Skylar saiu do jipe. Ele estava com uma calça cáqui escura e uma camiseta de gola V debaixo de um moletom cinza. Ao reconhecer Skylar, Cortez pareceu surpreso. Mas não tão surpreso quanto Tessa ao ver Skylar jogar os braços ao redor de Cortez, dando-lhe um forte abraço amistoso.

— Bela corrida, cara — disse Skylar.

— Vocês mandaram bem pra caralho! — respondeu Cortez.

Tessa ficou completamente confusa.

— Pera aí. Vocês dois se conhecem?

— Cortez? — perguntou Skylar. — A gente se enfrenta no remo desde o primeiro ano do ensino médio. Eu quase sempre o derroto.

— Que mentira, cara! Hoje foi azar mesmo.

— Sei — disse Skylar. — Vai achando.

Jesus amado. Era uma explosão de atletas: dois adolescentes cheios de arrogância e de testosterona tentando levar a melhor na presença de Tessa.

Sempre um pouco lento para entender as coisas, a ficha de Cortez finalmente caiu.

— Pera aí — disse ele. — Vocês estão ficando?

Aquilo estava virando um pesadelo. Para piorar, Tessa viu que Mel e Vickie agora estavam atrás da porta de tela, observando todo o drama.

Ela segurou o ombro de Skylar.

— Podemos ir, por favor?

— Não quer que eu conheça seus pais? — perguntou ele, inocentemente.

— Fica para próxima — disse a garota.

Skylar pareceu perceber a urgência em sua voz. Ele olhou, por cima do ombro de Tessa, para Mel e Vickie e abriu um sorriso respeitoso que dizia: *relaxem, não sou nenhum assassino em série*. Então, deu as costas para Cortez, cerrou a mão e os dois bateram os punhos.

— Até mais, cara — disse Skylar.

— Até. Nos vemos nas competições universitárias.

Skylar pôs a mão na lombar de Tessa e a acompanhou até o banco da frente de seu jipe.

Enquanto eles iam embora, ela olhou para o gramado de sua casa mais uma vez. Viu três pessoas paradas lado a lado, encarando-a — Mel, Vickie e Cortez. Era um trio que ela jamais teria imaginado, nem mesmo em um universo paralelo.

***

Quando Skylar acelerou pela Ventnor Avenue, a rajada de vento bagunçou os cabelos de Tessa.

— Quer que eu suba a capota? — perguntou ele.

— Não — disse. — Está gostoso assim.

Ela afastou o cabelo dos olhos e o prendeu em um coque. Percebeu que Skylar a estava observando, com o olhar se demorando na pele exposta de seu pescoço. Ela detectou um entusiasmo súbito em seus olhos e se sentiu sexy.

— Você está maravilhosa — disse ele.

— Pode dizer isso em francês?

— *Tu as l'air fantastique*.

— Você também.

De repente, Tessa distraiu-se com um tilintar. Era o chaveiro de Skylar, balançando-se para um lado e para o outro, batendo no volante. O chaveiro era um pequeno porta-retrato de plástico com uma fotografia colorida de duas pessoas abraçadas. Uma era Skylar, a outra era uma moça loira e bonita.

Tessa sentiu-se nauseada e não pôde deixar de perguntar:

— Você não é comprometido, não, né?

Skylar pareceu surpreso com a pergunta.

— Não, desde o segundo ano. Por quê?

Tessa apontou para o chaveiro. Skylar olhou para baixo e riu.

— São meus pais na adolescência. Eles cresceram aqui, então passamos todo verão na casa do pai da minha mãe, o vovô Mike. Na verdade, foi ele quem comprou este jipe para minha mãe. Olhe aqui, dá para vê-lo na foto.

Tessa inclinou-se para a frente e observou a foto. Os pais de Skylar pareciam ter mais ou menos a mesma idade deles. Seu pai era um mauricinho charmoso e vestia uma bermuda com pregas e uma camiseta do U2. Apesar de não ter a aparência atlética do filho, era bonito e parecia confiante.

Já a mãe de Skylar era 100% *new wave*: estava com uma regata cor-de-rosa, tênis da Reebok e pulseiras de borracha nos dois punhos. Tinha feito permanente no cabelo como a Madonna em "Like a Virgin". Era difícil imaginar que, no futuro, aquela garota estilosa cresceria e viraria a mãe de meia-idade toda certinha que Tessa conhecera mais cedo naquele dia.

E, de fato, o jipe vermelho estava na foto, estacionado atrás dos pais de Skylar. Novinho em folha, tinta reluzindo, pneus brilhando.

— Eles parecem loucamente apaixonados — observou Tessa.

— E estavam mesmo.

— *Estavam*, no passado?

— Estão. No momento meu pai está morando e lecionando em Oregon.

— Que longe. Eles estão separados?

— Não, eles ainda se falam todos os dias. Vai ficar tudo bem.

Era óbvio que Skylar não queria conversar sobre os pais, então ela não insistiu.

— Ei, me faz um favor? — ele apontou para o chão debaixo do banco dela. — Dá uma olhada debaixo do seu banco, acho que tem música aí.

Tessa estendeu o braço e pegou uma caixa retangular acolchoada. Ela abriu o zíper e encontrou várias fileiras de cassetes. Já tinha visto fitas como aquelas na garagem, enterradas no meio das coisas de Vickie.

Tessa deu uma conferida nos álbuns... New Order... Kate Bush... INXS... era uma valiosa coleção de música alternativa dos anos oitenta.

— Tá bom — declarou Tessa. — Sua mãe é minha nova melhor amiga.

Uma fita cassete chamou a atenção dela. Tinha coraçõezinhos vermelhos desenhados na lateral e uma lista de títulos de músicas escritos à mão dentro da caixa.

— Ai, que fofo. Seu pai gravou uma fita de músicas românticas para ela?

— Essa é a melhor fita de todas.

— Posso colocar?

— Claro.

Tessa abriu a caixa de plástico e tirou a fita. Tentou inseri-la no toca-fitas no painel do jipe, mas não encaixou.

Contendo a risada, Skylar corrigiu-a.

— É do outro lado.

Tessa corou.

—Ah, droga.

— Não se preocupe. Não vou chamar os defensores dos anos oitenta.

Com um sorrisinho irônico, a garota virou a fita e a inseriu no buraco do painel. Após um chiado momentâneo, uma música que ela jamais escutara começou a tocar. Era uma música romântica triste e evocativa, e a voz melancólica do cantor mexeu profundamente com ela.

More than this, you know there's nothing...
More than this, tell me one thing...

— Quem está cantando? — perguntou.

— Roxy Music. A música se chama "More Than This." Você conhece?

— Acho que não.

Eles ouviram o resto da música sem dizer nada. Quando finalmente acabou, Tessa percebeu que Skylar tinha feito um retorno e estava voltando na direção oposta.

— Você se perdeu? — perguntou ela.

— Não.

— E para onde é que estamos indo então?

— Na real, estou tão nervoso que não faço ideia.

O Smitty's ficava no litoral e era um minúsculo restaurante de frutos do mar. Era o tipo de estabelecimento que os moradores locais tentavam manter em segredo, mas nem sempre conseguiam. Tessa e Skylar encontraram uma mesa vazia na área externa, a alguns metros de distância do deque. Eles pediram camarão cozido e duas limonadas. Quinze minutos depois, a garçonete voltou trazendo uma tigela fumegante de camarão com batata, que colocou na mesa deles.

Os dois puseram as mãos à obra, descascando o camarão e tentando pegar as batatas quentes com os dedos.

— Sério — disse Skylar —, eu passei todos os verões da minha vida aqui. Como não conhecia este lugar?

— Acredite se quiser — respondeu Tessa —, encontrei o Smitty's por acaso. Na verdade, é justamente a minha parte favorita de fotografar: andar por aí e descobrir lugares que ninguém mais conhece.

— Tá, mas o que chamou sua atenção neste lugar? Foi o que exatamente?

— A vista.

Skylar olhou por cima do ombro de Tessa e admirou a marina e a baía sossegada que se espalhava atrás dela.

— Na verdade — prosseguiu a garota —, foi a *outra* vista.

Ele virou-se, seguindo a direção que ela estava apontando. Do outro lado da rua, havia um resort velho e dilapidado dos anos sessenta. Era uma carcaça em decomposição, destruída após anos de uma lamentável negligência. A tinta da parte externa tinha sido descascada há bastante tempo pela força da natureza, e as tábuas que cobriam as janelas estavam cheias de pichações indecifráveis.

— Um resort para lua de mel? — perguntou Skylar.

Tessa fez que sim.

— É incrivelmente surreal lá dentro.

— Você já entrou lá? Desarmada?

Tessa sorriu com orgulho.

— Eu faço tudo por uma boa foto.

Acima da entrada principal, Skylar percebeu um letreiro em neon com o nome do resort escrito em uma letra toda enfeitada.

— Hotel Empíreo?

— Empíreo é o lugar...

— Onde Dante encontra Deus.

Ela se animou, impressionada por ver que o garoto conhecia aquela referência obscura.

— É o mais alto dos céus — enfatizou ele. — Um lugar de puro amor autêntico.

Skylar olhou outra vez para o resort, estudando sua grandeza esvaecida. Gesticulou na direção do celular de Tessa, que estava ao lado dela com a tela virada para baixo.

— Eu adoraria ver suas fotos de dentro do hotel.

— Elas não estão no meu celular. Não tiro fotos digitais, lembra?

— Tudo bem, mas... e se alguém quiser conhecer seu trabalho?

— Eu não mostro meu trabalho. A não ser que precise, na aula.

— Por que não?

— Porque não é tão bom assim.

Skylar ergueu a sobrancelha.

— Duvido.

Tessa abriu um sorriso forçado e cordial. Ao longo dos anos, suas fotos tinham recebido muitos elogios, mas nada do que os outros diziam a convencia de que seu trabalho era especial. Na maioria das vezes, os elogios a irritavam. Ou eram mentiras descaradas, ou era opinião de quem não entendia praticamente nada de fotografia. Agora, no entanto, não era o momento de discutir essa questão.

— Bem — começou Skylar —, se não posso ver suas fotos, que tal uma voltinha lá dentro?

— Dentro do hotel?

— Isso. Eu gostaria de vê-lo... através dos seus olhos.

Skylar insistiu em pagar a conta. Em seguida, Tessa levou-o até o outro lado da rua e para os fundos do resort, onde uma tábua de madeira tinha sido chutada, deixando uma janela aberta por onde eles poderiam entrar.

Ela começou pelo lobby. Era um espaço imenso, com teto abobadado, piso de mármore e parede de madeira envernizada, com águas-fortes ornamentadas mostrando casais da mitologia. Uma escadaria em espiral subia até o segundo andar do hotel. Ela parecia flutuar no espaço, como se não fosse sustentada por colunas nem fios, mas por mágica. A parte de que Tessa mais gostava no lobby ficava na parede atrás do balcão do check-in. Era um grande coração pintado à mão, com os dizeres VOCÊ ESTÁ ENTRANDO NO TERRITÓRIO DO AMOR escritas dentro. Ela o fotografara várias vezes.

— *Isto* — disse Skylar, admirando-o — é mais do que incrível.

Em seguida, ela levou-o até o salão de refeições. Era do tamanho de um campo de futebol, uma extensão sombria de mesas e cadeiras. No teto havia vários candelabros luxuosos, os cristais pendentes cobertos por décadas de pó.

Eles jogaram pingue-pongue no salão de jogos, usando as solas dos sapatos como raquetes. Tessa venceu de vinte um a dezessete, mas sentiu que Skylar a deixara ganhar.

Havia um bar com o curioso nome de "Flecha do Cupido". Ervas daninhas tinham nascido por entre as tábuas do assoalho e subiam pelas paredes. Skylar arrancou uma margarida do chão e a encaixou em cima da orelha de Tessa. Ele apenas roçou seu lóbulo, mas ela sentiu seu toque no corpo inteiro.

No salão de baile, ele tirou a cúpula de uma das arandelas, colocou-a em cima da cabeça e começou a dançar para a garota. Ela não conseguia parar de rir. Skylar havia memorizado todos os passos de um clipe de uma antiga *boy band*. Não demorou para que Tessa também subisse no palco e se juntasse a ele, tentando acompanhar os passos.

À medida que a visita ao hotel foi acontecendo, ela foi sentindo mais vontade de beijá-lo. Porém, diferentemente de Shannon, ela jamais tomava a iniciativa com os garotos. Seu medo de ser rejeitada era muito maior do que qualquer desejo que sentisse. Então só lhe restava esperar e demonstrar sutilmente seu interesse para Skylar.

Por fim, levou-o a suíte presidencial: Eros. Havia espelhos no teto, tecido felpudo cobrindo todas as paredes e uma cama com dossel com apenas dois dos postes de pé. O destaque, no entanto, era a jacuzzi. Feita de plástico transparente e grosso, tinha o formato de taça de champagne. Pelos degraus laterais, eles subiram para entrar na banheira.

Com os ombros encostados um no outro, eles olharam para a claraboia rachada no teto e observaram o céu mudar de cor enquanto anoitecia.

Skylar surpreendeu Tessa ao tirar uma gaita do bolso da frente. Após deslizar a boca pelo instrumento, ele começou a tocar uma espécie de *riff* de blues. Uma coisa era certa: Skylar não levava o menor jeito para música. E o mais encantador de tudo era que ele não fazia ideia disso. Estava se esforçando muito para o som sair bom, mas todos os barulhos da gaita pareciam um pato sendo esganado. Tessa precisou usar toda sua força de vontade para não tapar os ouvidos e berrar.

Quando Skylar finalmente acabou, ele estava ofegante.

— Maneiro, né?

Sem conseguir mais se conter, Tessa caiu na gargalhada. Skylar franziu a testa e guardou a gaita no bolso. Era evidente que ela o magoara.

— Ah, puxa. Me desculpe. É claro que faz pouco tempo que você toca.

— Só três anos.

Tessa se sentiu decepcionada. Ela só estava piorando a situação. Felizmente, Skylar abriu um sorriso meigo de perdão.

— Você tinha que ter me ouvido quando comecei. Meus pais passaram a usar protetores térmicos nas orelhas. Em pleno verão.

Eles caíram na gargalhada, acabando com a tensão.

Uma brisa atravessou as rachaduras das janelas. As cortinas sujas começaram a balançar em uma dança de tecidos, aumentando a sensação de que a suíte era assombrada.

— Está conseguindo ouvi-los? — perguntou Tessa.

— Quem?

— Os fantasmas dos recém-casados do passado.

Skylar sorriu, entrando na brincadeira.

— O que eles estão conversando?

— O noivo está dizendo... — A voz dela desceu várias oitavas para imitar uma voz masculina. — *Meu Deus, querida. Faz duas horas que está no banho. Agora você é minha esposa, está na hora de vir se deitar.*

— E a noiva? — perguntou Skylar. — O que ela está dizendo?

— A noiva está respondendo... — Desta vez, a voz de Tessa ficou mais aguda. — *Mas você não me deu nenhum beijo o dia inteiro.*

Assim que disse essas palavras, ela se arrependeu. Tinha sido muito atrevida, muito afobada.

Skylar se virou e olhou nos olhos dela. Ele parecia relutante, até mesmo um pouco nervoso. Ele tocou no lábio inferior dela com a ponta do dedo, percorrendo a curva de sua boca até completar um círculo. Então, se aproximou e encostou os lábios nos dela.

Tessa sentiu como se houvesse libélulas batendo asas dentro de seu peito, fazendo-a se sentir tão leve quanto um lenço de papel; era como se ela pudesse sair voando, passando pelo teto do velho hotel, pelo céu, pelas gaivotas, pelas nuvens.

Não foi um mero beijo. Foi inacreditável.

***

Skylar estacionou na frente da casa de Tessa e desligou o motor.

— Quer que eu entre para conhecer seus pais? — perguntou. — Só para que eles saibam que não sou um babaca?

— Na verdade, eles não são meus pais.

—Ah, é?

— São apenas desconhecidos genéticos com quem eu moro.

— Desconhecidos genéticos?

— Não sou parente de nenhum dos dois. Eles não são meus pais biológicos.

— Parece uma história... interessante — comentou Skylar, tentando saber mais.

— Fica para outro momento.

Ele aceitou e não insistiu.

— Quando posso ver você de novo?

— Quando volta pra Margate?

— No fim de junho. Assim que eu me formar.

— Vai passar o verão inteiro aqui? Com seu avô?

— Isso. Até começar a estudar na Brown.

Tessa quase se engasgou.

— *Brown*? Pera aí. Está me dizendo que acabei de beijar um playboy da Ivy League?

— Ih, arruinei sua reputação?

— Depende, você também trabalha como salva-vidas?

— Na praia da Washington Avenue.

—Argh! Não pode ser!

Ela gemeu alto de brincadeira, mas Skylar a silenciou com um longo beijo. Quando ele finalmente se afastou, Tessa teve de se esforçar para interromper o sorriso que estava estampado no seu rosto.

— Boa noite — disse ela. — Valeu pelo jantar.

Ela foi até a porta de casa, mas Skylar continuou parado. Que fofo! Ele queria conferir que ela ia entrar em casa em segurança. Tessa pôs a chave na fechadura e se virou para lhe dar tchau. Ele fez que sim e foi embora. Ela ficou olhando as lanternas traseiras vermelhas avançarem pela rua, encolhendo, até não ouvir mais nada além do ronco distante do motor do jipe.

Skylar tinha ido embora.

Dentro de casa, Tessa fechou a porta e a trancou. A entrada da casa estava escura. Já passava das onze da noite, e Vickie e Mel deveriam estar dormindo no primeiro andar.

Sozinha pela primeira vez em horas, Tessa se sentiu dominada pelas suas emoções. Ela não sabia explicar a causa, mas lágrimas brotaram nos seus olhos. No começo, pensou que poderiam ser de felicidade. Mas então percebeu que eram de *medo*. No fundo, Tessa sabia que estava sentindo o comecinho do amor. E isso não apenas a assustava, a apavorava. Pois, para Tessa, amor só significava uma coisa: sofrimento. Na infância, ela sofrera o bastante por uma vida inteira. E nunca era um sofrimento voluntário. Os culpados pela sua dor eram sempre os outros. Nos lares temporários, eram as mães manipuladoras, os pais cruéis, os irmãos que faziam bullying. Sem falar no começo de tudo: o desaparecimento de seus pais biológicos. Porém, seus sentimentos por Skylar eram outra história. Se as coisas entre os dois ficassem sérias e ele partisse seu coração, Tessa só iria poder culpar a si mesma.

Ela subiu para o quarto, tirou a calça jeans e se deitou. Seus lábios estavam formigando, sensíveis devido aos muitos beijos. Ela levou o antebraço ao nariz, esperando sentir um restinho do aroma de Skylar na pele.

Muitas coisas tinham acontecido naquela noite, e Tessa decidiu passar a próxima hora se lembrando de tudo, do começo ao fim. Em um dado momento, seus olhos se fecharam, e o sono chegou. Mas ela nem precisava sonhar, pois nada superaria a noite que acabara de ter.

vinte dias depois

Para o primeiro jantar de Tessa em casa, Vickie caprichou: pediu pizza da Jojo's, a predileta de Tessa, e ela mesma fez o bolo favorito da garota, chocolate com cobertura de baunilha. Depois, vieram os presentes. Roupas novas, tênis novos, até mesmo um iPhone novo. Esse era o problema de Vickie. Ela sempre exagerava. Nunca sabia quando parar.

Mel ficou praticamente em silêncio. Ele gostava de comer, e qualquer desculpa para furar sua dieta mais recente era bem-vinda. Se era uma comemoração, por que ele não poderia roubar uma fatiazinha a mais de pizza e de bolo de chocolate?

Depois dos presentes, Tessa pediu licença para se retirar da mesa, alegando estar exausta e precisar se deitar no quarto. Porém, a verdade era que ela estava sentindo uma enorme onda de tristeza se agitando dentro de si, e sabia que só se sentiria melhor se chorasse. Então, passou a próxima hora debaixo das cobertas, em prantos, até os músculos da barriga começarem a doer.

Tessa olhou para o teto. Na metade do verão, ela já tinha removido suas fotos artísticas e as substituído por fotos em preto e branco que tirara de Skylar. Seu olhar percorreu os momentos alegres, congelados. Os olhos de Skylar, seus cabelos despenteados, o sorriso preguiçoso, os lábios macios e tão beijáveis. As imagens e sensações do verão vinham uma após a outra dentro da mente dela, como bolas de neve rolando montanha abaixo, ganhando volume e peso, causando uma avalanche feroz e imparável de saudade. Pelo poder da memória, agora Skylar estava tão perto que Tessa sentiu-se na obrigação de lhe dizer alguma coisa em voz alta.

— Skylar? Você está aqui?

Ela ficou em silêncio por um instante e tentou de novo.

— Por favor, Skylar. Se estiver aqui, me dê algum sinal...

Ela aguardou, com esperança de que algum de seus pôsteres caísse no chão ou de que alguma janela quebrasse espontaneamente como nos filmes de terror. Aceitaria qualquer coisa como sinal. Mesmo que sua porta se escancarasse por conta própria ou que começasse a cair granizo do tamanho de bolas de golfe.

Mas seus pôsteres continuaram no lugar, suas janelas não se estilhaçaram, e nenhum granizo caiu do céu noturno.

vinte e nove dias depois

No domingo antes de Tessa voltar às aulas, Mel sugeriu que eles fossem jogar minigolfe. Como Vickie tinha se voluntariado para fazer um turno adicional no trabalho, seriam apenas eles dois.

— Vamos — disse Mel. — Você vai se divertir.

Tessa não teve energia para negar.

O Chuck's Mini Golf ficava no litoral da ilha, e, como o verão tinha acabado oficialmente, havia apenas algumas famílias jogando naquela tarde nublada.

Mel pagou o funcionário em dinheiro. Ele e Tessa escolheram dois tacos e duas bolas de cores diferentes, depois foram jogar. Havia dezoito buracos no total e um contraste de temas náuticos, faróis e moinhos. Tessa só percebeu que estava jogando golfe no oitavo *green*, quando bateu na bola e ela milagrosamente desceu por uma espiral de grama artificial e caiu no buraco.

— Numa tacada só! — gritou Mel, erguendo a mão para que ela batesse.

A garota encostou levemente na sua palma e se abaixou para pegar a bola.

Enquanto eles andavam até o próximo buraco, Mel a surpreendeu com um fato do passado.

— Você sabia — disse ele — que meu primeiro encontro com sua mãe foi aqui?

Mel raramente falava da mãe biológica de Tessa. No entanto, em alguns momentos ela sentia uma mágoa profunda dentro dele se esforçando para encontrar sua voz. Ironicamente, era por isso que Mel era a figura paterna ideal para Tessa, ela também não gostava de conversar sobre seus sentimentos.

— Não... — respondeu.

— A tacada dela era incrível. Eu perdi feio. Depois fomos até o Greenhouse e tomamos umas cervejas. Ficamos meio bêbados, e então... ela me tascou um beijo.

— Então minha mãe te beijou primeiro?

Ele assentiu.

— Foi bom que me senti menos pressionado. Assim que ela se afastou, olhei nos olhos dela e não tinha mais volta: eu estava louco por ela.

Era difícil imaginar Mel como um cara apaixonado, encantado após o primeiro beijo.

O sorriso dele desapareceu e foi substituído por uma tristeza saudosa.

— Quando ela me largou, eu não soube o que fazer. Fiquei totalmente desorientado, esperando que ela voltasse, que tudo voltasse ao normal, mas isso não aconteceu. E eu tinha cem por cento de certeza de que nunca mais amaria outra mulher. Mas aí... — Seu sorriso voltou. — Mas aí eu conheci Vickie.

Então ela entendeu o *verdadeiro* motivo daquela saída.

Não era para criar mais proximidade entre pai e filha. Era para motivá-la. Mel estava tentando explicar que, embora Tessa tivesse amado Skylar, encontraria outra pessoa, amaria de novo.

Era a cara de Mel dizer aquilo. Sua intenção, como sempre, era boa. Porém, ele não podia ter escolhido um momento pior. Mal fazia um mês que ela tinha perdido Skylar, e ele já estava lhe dizendo que havia outros garotos por aí?

Tessa tinha o direito de ficar chateada, mas não encontrou forças para repreendê-lo. Em vez disso, tudo que conseguiu dizer foi:

— Estou cansada, Mel. Podemos voltar pra casa?

Tessa soltou o taco onde estava, se virou e se dirigiu ao estacionamento.

trinta dias depois

— **Tessa! — gritou Vickie.** — Shannon está lá na frente, buzinando!

A garota olhou seu relógio. Merda! Eram 7h25. Se ela não se apressasse, se atrasaria para seu primeiro dia no colégio após o acidente. Tessa pegou o novo iPhone e a mochila no chão. Enquanto saía correndo do quarto, Vickie chamou-a:

— Espere aí, não está se esquecendo de uma coisa?

— Não vou te dar um beijo de tchau, Vickie.

Vickie pegou a Minolta de Tessa pendurada na maçaneta e a estendeu para ela.

— Sua máquina fotográfica.

— Obrigada. Mas não a esqueci.

— Como assim? Você leva sua máquina pra todo canto.

Ela ignorou o comentário de Vickie, desceu a escada em disparada e saiu pela porta da frente. Já no gramado, avistou Shannon estacionada no meio-fio, acomodada em seu carro novinho em folha...

Um Hyundai branco?

Ao entrar no carro, Tessa notou a vergonha no rosto da amiga. Shannon jamais escondia seus sentimentos. Se estava feliz, os outros sabiam. E se não estava, os outros com certeza também sabiam.

Os olhos de Shannon se semicerraram, com a raiva fervilhando.

— Um nove... três setes — explicou. — *Três* setes e é isto que eu ganho! Isto!

Ela não disse mais nada, incapaz de pensar no insulto adequado para seu carro novo.

— Caramba — disse Tessa. — Seu pai é...

— Um babaca insensível?

— Eu ia dizer sensato.

— Eu vou é mandar colocar *insulfilm* nas janelas para que ninguém saiba que sou eu aqui dentro.

— Chega de reclamar. Me leve para a prisão.

Shannon pôs o câmbio automático em *drive* e começou a dirigir, mas depois pisou nos freios bruscamente.

— Pera aí. Cadê sua câmera?

— Deixa pra lá — respondeu Tessa.

Shannon pôs o câmbio em *park* de novo.

— Não tem problema. Pode ir buscar, eu espero.

— Shannon? É meu primeiro dia depois do acidente, não quero me atrasar.

Shannon decidiu não insistir no assunto, embora houvesse um indício de preocupação em seu rosto. Uma vez ela disse que Tessa sem a câmera era como Van Gogh sem o pincel.

Shannon aumentou a música e saiu do Exeter Court. Ao chegar no semáforo no fim da rua, surpreendeu Tessa virando à esquerda e entrando na Douglas Avenue. Que estranho. Shannon já tinha buscado a amiga um zilhão de vezes com o carro da mãe e *nunca* virara à esquerda ali. Ela *sempre* virara à direita.

A não ser que... sim, era isso... Shannon estava evitando de propósito a casa do avô de Skylar. Ela achava que Tessa ficaria chateada se a visse, então alterou o trajeto de sempre, como um GPS que muda o caminho do motorista para evitar um engarrafamento.

Ainda haveria mais desvios. A motorista evitou a North Clermont Avenue por ter sido o local do acidente. Em seguida, fez vários ziguezagues para evitar passar pelo Little Art Theather. Tessa pensou em reclamar com a amiga por toda aquela ginástica ao volante, mas percebeu que era por preocupação, e decidiu ficar em silêncio.

— Você ligou para a operadora? — perguntou Shannon.

Tessa fez que sim.

— E o que eles disseram?

— Que Skylar provavelmente enviou a foto antes do acidente, e que ela estava aguardando no servidor até o celular ser ligado.

— Hum, foi isso que eu disse.

— Mas isso não explica como meu celular ligou, apesar de estar completamente destruído. Explique essa parte.

— Não consigo. Mas tenho certeza de que não foi Skylar quem o ligou.

Tessa desanimou. É claro que Skylar não tinha ligado o celular dela do além. Ele estava morto. Seu corpo tinha sido enterrado semanas atrás. E a vida dele, e tudo que vivera com Tessa, era agora apenas uma lembrança.

Naquele momento, a música na playlist do Spotify de Shannon acabou... e começou outra. Logo Tessa reconheceu os *licks* de guitarra que iniciavam a música "More Than

This", do Roxy Music. A tristeza dentro dela se intensificou.

Agitada, Shannon pegou depressa seu celular.

— Merda! — Ela apertou rapidamente o botão de seta na tela e avançou para a próxima música. Mas o estrago já tinha sido feito. — Me desculpe — falou. — Você colocou essa música na minha playlist.

— Tudo bem — perdoou Tessa.

Mas não estava tudo bem. A música trouxera o verão inteiro de volta. Tessa abaixou a cabeça, uma cortina de cabelos cobrindo seu rosto. Com os olhos agora escondidos, as lágrimas escorreram com facilidade.

Ao ver o sofrimento da amiga, Shannon virou o carro para o canto da rua e estacionou. Ela a abraçou.

— Vai ficar tudo bem — insistiu. — Nós vamos superar isso. Prometo.

Tessa conteve as lágrimas.

— Eu nem pude me despedir dele.

— Eu sei.

— Nem lembro qual foi a última coisa que eu disse para ele... e se tiver sido algo ruim?

— Pare com isso...

— Mas é sério. Nós tivemos uma briga naquela última semana, lembra?

— Tess, precisa esquecer o que você *não lembra* e se concentrar no que você *lembra*. Vocês tiveram, tipo, o *melhor* verão da vida. Você nunca vai esquecer aquela época. Pô, nem eu vou esquecer, e olha que fui apenas uma espectadora invejosa.

Tessa conseguiu sorrir. Afastou o queixo do ombro de Shannon, deixando um rastro de lágrimas na camisa da amiga.

— Tudo que eu queria era ter mais um dia com ele... mais uma hora.

— Tenho certeza de que ele também sente isso — Shannon assegurou-lhe. — Onde quer que ele esteja.

Bem naquele instante, Tessa viu seu reflexo no retrovisor e lamentou.

— Maravilha. No dia da minha volta ao colégio, estou o maior desastre.

— Relaxe. Deixa que eu resolvo isso.

Shannon vasculhou sua bolsa lotada e encontrou um corretivo e um blush. Logo começou a esconder a tristeza da amiga.

— Tess, não quero te assustar, mas acho que deveria se preparar para hoje.

— Preparar para o quê?

— Você está voltando hoje. E todos sabem do acidente... que você "morreu" e voltou. Saiu no jornal.

— Ai, meu Deus.

— Pois é. Você voltou dos mortos. Como Stormborn, Mãe dos Dragões. Esteja pronta, é só isso que estou dizendo.

Esteja pronta.

Ninguém jamais dissera palavras mais verdadeiras.

Todos no colégio sabiam do acidente.

Todo aluno, todo professor, até mesmo os zeladores sabiam. E como todos sabiam, ninguém tirava os olhos de Tessa, a garota cujo coração parara de bater por dois minutos. E não eram olhadelas sutis. Eram encaradas demoradas, longas, de olhos arregalados. O tipo de encarada que Tessa sentia pelas costas, como se ondas de calor as atingissem. Agora ela entendia por que as estrelas de cinema costumavam atacar os paparazzi, agarrando suas câmeras e as destruindo na calçada. Ninguém devia viver sob um microscópio. Mais cedo ou mais tarde, todos terminavam surtando.

Tessa bateu a porta de seu armário com força. Gerald, seu único fã, estava parado ao seu lado. Ele estava tremendo e com dificuldade para formar as palavras:

— O-o-oi, T-Tessa — gaguejou.

Tessa não queria falar com Gerald, mas suspeitava que ele queria expressar seus pêsames, e isso já era mais do que o restante de seus colegas de turma parecia querer.

— E-eu só queria, sabe...

— Dizer "meus pêsames"? — perguntou Tessa.

— Uhum.

— Obrigada, Gerald — disse, dando um tapinha em seu ombro. — Preciso ir.

Ela deixou o garoto parado na frente de seu armário. Ele parecia triste, mas, para sua sorte, ele não sabia o que era ficar triste de verdade.

Tessa estava no refeitório do colégio, espetando o garfo nas batatas fritas malcozidas.

— Bem-vinda de volta, Tessa.

Ao olhar para cima, ela viu o sr. Duffy sentado do outro lado de sua mesa, a gravata de estampa *paisley* balançando entre as lapelas de seu paletó de veludo. Sua expressão era de preocupação genuína.

— Fiquei sabendo do que aconteceu. Sinto muito pela sua perda.

O que mais Tessa poderia dizer além de...

— Obrigada.

— Não quero soar insensível — disse ele —, mas use isso.

— Isso o quê?

— A dor. O vazio. Tudo que está sentindo. Canalize essas coisas para a sua câmera. Algumas das maiores obras de arte foram produzidas pelo luto intenso.

Sua vida estava totalmente destruída, e agora o sr. Duffy estava tentando convencê-la de que isso era algo bom?

— E não esqueça que o prazo para a inscrição antecipada na RISD é novembro. Seria uma pena se você perdesse a oportunidade.

Inscrição em universidade? Ele estava falando sério? Ela não conseguia respirar nenhuma vez sem que seu corpo quisesse implodir, formando uma bola de fogo repleta de raiva e tristeza. E agora aquele hippie bigodudo estava tentando conversar sobre o futuro dela?

O sinal tocou. Tessa pegou sua mochila, se levantou e foi embora.

Ela não deu tchau para o sr. Duffy.

trinta e três dias depois

Tessa passara incontáveis horas na sua câmara escura no sótão. Mas demorou apenas quinze minutos para desmontar tudo. Seu ampliador coube em uma caixa. Seus produtos químicos e a parafernália variada couberam noutra. Ela *realmente* pensou duas vezes antes de jogar fora seus negativos. Afinal, não havia nenhum *backup*, digital ou não. Se Tessa descartasse os negativos, não haveria como voltar atrás. Tudo que ela captara nos últimos anos seria perdido para sempre.

Ela sabia que estava sendo precipitada e infantil, mas não ligava. Se o mundo a privaria de Skylar, ela privaria o mundo de seu único talento. Ela não olharia mais no seu visor, pois só veria vazio e ausência, um retângulo sem Skylar.

Uma a uma, Tessa carregou as caixas para o térreo, saiu pela porta dos fundos e as deixou no gramado ao lado da casa. No meio-fio, empilhou-as como peças gigantes de Lego, ao lado das lixeiras. Não houve enterro nem discurso fúnebre para sua câmara escura. Em vez disso, enquanto dormia, algum desconhecido da empresa de limpeza arremessaria o material na caçamba do caminhão, apagando para sempre aquele capítulo da vida de Tessa.

— Sabia que gastamos uma fortuna com essas coisas?

Tessa virou-se. Mel estava atrás dela, vestindo um roupão desbotado, os cabelos despenteados. Vickie devia tê-lo acordado de seu cochilo e lhe pedido para ir falar com ela.

— Pode me mandar a conta — respondeu Tessa. — Eu pago o valor.

— Então é isso? Você vai simplesmente... desistir da sua fotografia?

— Pelo jeito, sim.

Ela mexeu-se para ir embora, mas Mel bloqueou seu caminho.

— Sabia que sua mãe fazia isso? Ela ficava obcecada pelas coisas. Culinária. Yoga. Cerâmica...

— Homens?

O rosto de Mel ficou tenso.

— Sim, homens também. E aí um dia ela perdia o interesse e seguia em frente. Foi por isso que nunca conseguiu avançar na vida. Foi por isso que nunca conseguiu ser uma mãe de verdade para você.

— Acabou o sermão? — perguntou Tessa, com a voz repleta de sarcasmo.

Mel só fez ficar parado, atônito e quieto. Ela sabia que agir como pai não era algo natural para ele, mas isso não o impedia de tentar.

Enquanto Tessa voltava para casa, Mel falou:

— Acha que Skylar ia querer isso?

— Sei lá, Mel. Por que não pergunta a ele?

oitenta e nove dias antes

Na manhã após o primeiro beijo deles, Tessa acordou preocupada, achando que o encontro tinha sido apenas um sonho. Noites como aquela não aconteciam na vida real. Era fácil demais ficar ao lado de Skylar. Era como se eles se conhecessem desde sempre. Será que ele sentia a mesma coisa em relação a ela, ou será que ela estava apenas imaginando a intensidade da conexão dos dois?

Tessa pegou seu celular na mesa de cabeceira. Havia dezessete ligações perdidas de Shannon. Era óbvio que a melhor amiga estava louca para saber o que acontecera na véspera. Também havia uma mensagem curta de Skylar. Uma mensagem tão meiga que acabou na mesma hora com a paranoia de Tessa a respeito de seus momentos com ele.

Skylar: Obrigado pela noite de ontem. Comida ótima, papo incrível, beijos maravilhosos.

Nas semanas seguintes, eles trocaram mensagens de texto e e-mails e se falaram bastante por FaceTime. Eles se faziam muitas perguntas e falavam do que amavam e odiavam. Coincidiu de terem um gosto musical parecido: *new wave* dos anos oitenta, *trip-hop* dos anos noventa, Frank Ocean, Travis Scott. Mas discordavam completamente sobre *O conto da aia*. Tessa amava. Skylar achava superestimado e que somente mulheres raivosas gostavam da história. A última refeição que ele gostaria de comer na vida era frango à parmegiana e cheesecake. Já Tessa, pizza e bolo de chocolate.

Skylar mostrou seu quarto a ela por vídeo. Suas paredes eram cobertas por pôsteres de praias exóticas da Nova Zelândia e de Fiji. Ele não sabia como seria seu futuro, mas queria aproveitar todas as línguas que falava. Depois da universidade, planejava viajar pelo mundo, ler livros, conhecer pessoas e remar em todos os rios possíveis.

Quando Skylar perguntou a Tessa quais eram seus planos para o futuro, ela deu respostas vagas. Como contar a alguém da Ivy League que ela não se interessava pelo ensino superior? Vickie e Mel já haviam avisado que não tinham condições de pagar seus estudos. O cenário mais provável para ela seria fazer dois anos de curso técnico em uma faculdade local. Depois, arranjaria um emprego em um dos cassinos da cidade para quitar os empréstimos que fizera para pagar a faculdade inútil.

Como Skylar se levantava antes do amanhecer para treinar e remar, muitas vezes Tessa encontrava uma mensagem a aguardando ao acordar. Normalmente era alguma gracinha, uma brincadeira ou um GIF bobo. Porém, à medida que a conexão dos dois foi se aprofundando, as mensagens foram ficando mais sensuais e mais íntimas.

Skylar: Me conte algum segredo.

Tessa: ???

Skylar: Conte alguma coisa que você nunca contou pra ninguém.

Skylar: Ei! Assustei você?

Tessa: Estou pensando...

Tessa: Tá bem. Aos seis anos, eu estava numa loja com minha mãe e queria que ela comprasse uma cartela de adesivos para mim, e ela disse não. Então roubei a cartela.

Skylar: Maneiro!

Tessa: Mas depois me senti culpada por ter roubado, então escrevi uma carta pra Deus pedindo perdão e enterrei tudo isso no quintal.

Skylar: Precisamos desenterrar essa carta aí.

Tessa: Acho que Deus já fez isso. ☺ Tá, agora é sua vez. Me conte algum segredo.

Skylar: Sou pirado pelo Billy Joel.

Tessa: Ahahah! Mas isso não é um segredo de verdade!

Skylar: Tá bem... vou contar algo que ninguém mais sabe. E é o maior segredo. Posso confiar em você, né?

Tessa: Me sinto insultada com essa pergunta.

Skylar: Lá vai...

Tessa: Sky?

Tessa: Oiiiiiiiiiiiii?

Tessa: Ah, deixa disso!

Skylar: Eu penso em você.

Skylar: Muito.

Skylar: Ainda tá aí?

Tessa: Muito quanto?

Skylar: Hum, basicamente O TEMPO TODO.

Tessa: Vem me beijar.

Skylar: Daqui a uma horinha.

Será que ele ia mesmo até a casa dela beijá-la? Tessa sabia que Skylar tinha uma prova final naquele dia, mas ele já tinha sido aceito na Brown e nenhuma nota mudaria isso.

De fato, pouco mais de sessenta minutos depois, o jipe dele parou na frente da casa de Tessa. Seu barco estava preso em cima do carro, coberto por uma lona branca. Ela percebeu as ondas de calor saindo de debaixo do capô. Garoto ansioso; ele devia ter dirigido a uma velocidade insana.

Skylar saiu do jipe. Tessa se acostumara tanto a vê-lo pela tela do iPhone que se esquecera do quanto ele era alto. Era evidente que tinha vindo direto de sua remada matinal, e ainda estava com a legging de treino, o que a fez dar uma risadinha. Seu cabelo estava bagunçado e maravilhoso.

Com o coração disparado, Tessa cumprimentou-o no gramado com um sorriso encabulado.

— Não acredito que você veio mesmo.

Sem responder, Skylar a beijou. Meu Deus, os lábios dos dois se encaixavam tão perfeitamente que era como se tivessem sido moldados em uma mesma fábrica. Por um breve instante, ela pensou em levar Skylar para seu quarto. Mas se conteve. Eles teriam tempo de sobra para se agarrar no verão.

Skylar finalmente recuou, os olhos verdes brilhando ao sol da manhã.

— Desculpe. Tenho que ir... tenho uma prova. A gente se vê daqui a algumas semanas, né?

Tessa fez que sim, ainda saboreando o beijo.

— Ah — começou Skylar —, quase esqueci. — Ele pôs o braço na janela aberta do jipe e a entregou uma sacola fina e marrom. Surpresa, ela tirou o que havia dentro. Era uma cartela de adesivos. — Foi mal. Só tinha do Pokémon.

Tessa ficou toda contente de gratidão.

— Mas Pokémon é maneiro.

— Concordo.

Skylar voltou para o jipe, ligou o motor e arrancou com o carro.

Tessa precisou de todas as suas forças para não desmaiar na grama.

setenta e cinco dias antes

Se havia um dia perfeito para matar aula, era aquele. Para começar, era a última semana de aula, e ninguém – inclusive os professores de Tessa – estava com a cabeça ali no colégio. O mais importante, no entanto, era a exposição de fotos. Ela tinha lido que no Museu de Arte da Filadélfia haveria uma exposição chamada *A Cidade da luz e suas sombras*, contendo a obra de Brassaï, um fotógrafo francês que documentara as ruas de Paris à noite no entreguerras. As fotografias de Brassaï mesclavam duas das maiores obsessões de Tessa: fotografias em preto e branco com alto contraste e a Paris do passado.

Ela só tinha visto a obra de Brassaï na internet, quase sempre em JPEGs de baixa resolução. E era bastante desafiador aprender a técnica dele vendo fotos de fotos. Pessoalmente, ela poderia estudar sua escolha de enquadramento e seu uso da luz natural. Ela também poderia examinar sua técnica de impressão, que produzia uma nitidez e uma profundidade que Tessa achava incrivelmente bonitas.

Infelizmente, havia dois obstáculos em seu caminho. O primeiro? Aquele era o último dia da exposição, e Tessa não tinha como ir até a Filadélfia. A não ser que convencesse Shannon a levá-la de carro, o que era o obstáculo número dois. Shannon e museus eram como pasta de amendoim e presunto, não combinavam. Se Tessa a chamasse para matar aula por causa de algo cultural, a resposta seria rápida: *nem morta*. Tessa precisava atrair sua melhor amiga com alguma coisa mais convidativa.

— Que tal matar aula, ir de carro até Philly e fazer umas comprinhas? — disse, enquanto andavam pelo pátio do colégio.

Shannon pareceu desconfiada. Ela sabia que Tessa não tinha praticamente nenhum interesse por moda ou roupas. Sem falar que ela não era de uma família rica como a sua. Quando Tessa tinha alguma grana sobrando, gastava com material para revelação.

— Fazer compras? — questionou Shannon. — Você não está falando sério.

Tessa já tinha preparado sua resposta, e não era uma mentira.

— Skylar vai voltar para Margate na próxima semana e me convidou para jantar com ele e o avô. Quero vestir algo bonitinho.

Shannon ergueu a sobrancelha.

— Pera aí. Vai ser a primeira noite dele em Margate e o avô dele vai estar presente?

— Ele é muito apegado ao avô e quer que eu o conheça. Achei fofo.

Enquanto elas continuavam andando, Shannon olhou para o céu querendo analisar o clima, aparentemente tentando determinar se valia a pena dirigir até lá. Com o dia ensolarado, ficava muito mais fácil ir de uma loja a outra. Finalmente, Shannon parou.

— Tá bom. Eu levo você até Philly sob uma condição.

— Diga.

— Você tem que deixar que eu escolha seu vestido.

Somente Shannon pediria a coisa que Tessa mais temia. Shannon se vestia, para não dizer coisa pior, como uma periguete. Vivia pressionando Tessa para que mostrasse mais pele, mais decote, mais coxas. Se dependesse dela, Tessa apareceria na casa do avô de Skylar só de lingerie transparente. Por outro lado, se aquele era o preço para Tessa ver a obra de Brassaï, ela topava.

— Tem que ser um vestido casual — alertou. — É apenas um jantar com o vovô, não um fim de semana em Las Vegas. Sacou?

— Sim — respondeu Shannon —, saquei.

Dez minutos depois, elas estavam se dirigindo para o norte pela via expressa de Atlantic City. Sem trânsito, estariam na Filadélfia antes das dez. Quando chegassem, Tessa satisfaria todas as vontades consumistas de Shannon. E seria somente depois do almoço, quando a amiga estivesse em seu êxtase pós-compras, que mencionaria o museu.

Bem naquele momento, o celular de Tessa vibrou.

— O menino do remo está chamando você pelo FaceTime — avisou Shannon, apontando para o celular no colo dela.

Tessa aceitou a chamada. A tela ganhou vida, e Skylar apareceu de beca e barrete, agarrando uma cópia de seu diploma.

— E aí! — gritou ele.

Ele estava um gatinho, não dava para negar, com os cachos saindo de debaixo do barrete azul de cetim inclinado em sua cabeça.

— Parabéns! — disse Tessa. — Como foi o discurso?

— Foi bom, eu acho. Eu estava *bem* mais nervoso do que esperava.

Shannon interrompeu:

— Não me diga que ele foi o orador da turma.

— Não, apenas o representante da turma — respondeu Tessa.

— Que sem graça.

— É a Shannon? — perguntou Skylar.

— É, sim! — gritou Shannon. — Oi, Skylar!

Tessa virou o celular e apontou para a amiga, que abriu um sorriso. No mês anterior, tinha apresentado os dois via FaceTime, e graças a Deus eles tinham gostado um do outro.

— Ouvi falar que você finalmente vai voltar pra cá. Está pronto para curtir?

— É o que planejo fazer — disse Skylar. — Aonde vocês estão indo?

Tessa voltou à conversa.

— Philly. Está tendo uma exposição de fotos incrível no...

Ela se interrompeu. Droga. Tinha falado demais.

— Exposição de fotos? — O rosto de Shannon desanimou quando percebeu que tinha sido enganada pela melhor amiga. — Pera aí. Você mentiu pra mim?

Tessa virou para a tela de novo.

— Sky? Posso te ligar depois? Preciso controlar a situação aqui.

— Tá bem. Divirtam-se, meninas. *Au revoir* — disse ele, e então a tela ficou vazia.

Naquele momento, Tessa achou que a melhor defesa seria um bom ataque.

— Ah, Shan, vamos lá. Nós duas sabemos que você está

precisando de um pouco de cultura.

— Eu me interesso por cultura. Leio o Goop religiosamente.

— Confie em mim, você vai adorar o Brassaï.

— Brassaï? Parece nome de doença sexualmente transmissível.

— Ele era um gênio. E as fotografias dele são bem acessíveis.

Sem nem responder, Shannon ligou a seta e desviou para a saída mais próxima.

— Ah, não acredito — reclamou Tessa. — Vai mesmo voltar?

— Não posso nem fazer xixi, é?

Shannon parou em um posto de gasolina e foi lá para os fundos. Enquanto esperava, Tessa saiu do carro para tomar um ar. Foi então que notou uma ponte velha e enferrujada por cima de um rio estreito a uns cinquenta metros de distância. As vigas de aço com rebites gigantescos sustentavam os arcos curvos, e tudo era de um tom laranja queimado. Alguma coisa naquela monstruosidade colossal e decadente atraiu Tessa.

Como que enfeitiçada, Tessa pôs o braço no banco de trás do carro e pegou sua câmera. Caminhou pelo posto de gasolina, subiu no aterro de concreto e chegou a uma extremidade da ponte, isolada por uma cerca de arame. Havia várias placas pichadas dizendo NÃO ULTRAPASSE, mas Tessa as ignorou e subiu na cerca mesmo assim. Ela começou a andar pela ponte velha, fotografando tudo que lhe parecia interessante.

Os objetos degradados tinham algo de poético. Eles não eram feios, apenas expressavam outro tipo de beleza: uma oculta, que só a imaginação consegue acessar. Era como ver uma antiga estrela do cinema, com a nítida lembrança de como ela era quando jovem e glamurosa.

Tessa percebeu que tiraria fotos melhores de debaixo da ponte. Passou pela cerca de novo e desceu pela colina de terra, indo até a beira da água. Ergueu a câmera e olhou pelo visor, mas não ficou satisfeita. O ângulo ali não era tão funcional. O melhor local seria no meio do rio. Ela precisava entrar na água.

Ela sentou-se na terra e tirou os tênis, depois as meias, que enrolou em duas bolinhas e guardou dentro do sapato. Tirou a calça jeans e a camiseta e os pôs em cima dos tênis para que não tocassem no chão. Agora, apenas de sutiã e calcinha *boyshort*, Tessa se levantou e se virou para o rio.

— Ei! O que você tá aprontando? — gritou Shannon, enquanto descia a rampa de terra com dificuldade.

— Só estou tirando algumas fotos.

— Sem roupa?

— Dali o ângulo vai ser bem melhor — respondeu Tessa, apontando para o rio que corria debaixo da ponte.

— Dali de dentro do rio? Tem, tipo, lodo tóxico naquela água.

— Vou ficar só um minutinho dentro dela.

Shannon cruzou os braços.

— Daqui a vinte anos, quando seu médico lhe disser que a massa na sua barriga não é um bebê, e sim um tumor, lembre que eu me opus a isso.

— Tem certeza de que não quer vir comigo?

— A água está aquecida?

Tessa inspirou profundamente, se preparando, depois deu um passo hesitante para dentro da água. O frio congelante que cercou seu pé foi bem pior do que imaginava, e logo ela recuou para a beira enlameada.

— Deu super certo, né? — disse Shannon. — A gente já pode ir embora?

— Não. Eu consigo.

Tessa voltou para a água, um pé após o outro. O leito enlameado do rio parecia esponjoso sob as solas dos pés. Ela ficou parada por um instante, permitindo que seus pés se acostumassem com a frieza gélida da água. Tudo dentro de seu corpo lhe dizia para voltar, mas, ora, ela queria aquela foto e se obrigou a avançar.

De repente, o leito do rio se aprofundou debaixo dela. Em pânico, Tessa ergueu a câmera por cima da cabeça e começou a balançar as pernas para se manter à superfície.

Shannon gritou da margem:

— Você está bem?

— É mais fundo do que pensei!

— Quer que eu ligue para Skylar e peça para ele vir te resgatar?

Felizmente, a correnteza estava fraca. Usando apenas um braço, Tessa nadou até o meio do rio. Debaixo da ponte, ela olhou pelo visor e percebeu que tinha feito a escolha certa. A luz, as sombras, os reflexos tremeluzentes do rio na parte inferior da ponte. Era perfeito. Ela fotografou até seu filme acabar.

Tessa nadou de volta para a margem. Viu Shannon sentada na terra, ao lado de suas roupas. Ela estava usando o celular, trocando mensagens com alguém. Havia um sorriso de entusiasmo em seu rosto, como se tivesse acabado de ganhar uma rifa.

— O que foi? — perguntou Tessa.

Shannon olhou para cima e balançou o telefone.

— Judd acabou de me chamar para sair.

***

AINDA ESTOU AQUI 115

No aniversário de dezesseis anos dela, o pai de Shannon lhe dera um cartão de crédito American Express Gold, e ela o usava sem nenhum constrangimento. Após três horas na Filadélfia, comprara três sacolas cheias de maquiagem e produtos para cabelo, roupas para o verão inteiro e um biquini tão minúsculo que até uma Kardashian acharia exagero.

Tessa não gostou de nada do que viu, mas Shannon a convenceu a comprar um vestidinho com pregas. Apesar de estar em promoção, custou quase todas as suas economias. Ainda bem que ela começaria a trabalhar na semana seguinte.

À tarde, as garotas almoçaram sem nenhuma pressa no café predileto de Shannon, na Rittenhouse Square. Tessa queria pedir um cheeseburguer com fritas, mas lembrou que Skylar chegaria na próxima semana. Ela já o vira sem camisa: ele era meio garoto, meio semideus. Então escolheu uma salada.

Quando as duas chegaram ao museu, eram quase quatro da tarde, então Tessa teria apenas uma hora para ver a exposição.

A obra de Brassaï era ainda mais marcante pessoalmente. Havia um motivo pelo qual seu apelido era "o olho de Paris". Não foi apenas a qualidade de suas fotos que impressionou Tessa, mas sua atenção aos detalhes. Suas cenas de ruas eram enevoadas e cinza, com as calçadas reluzentes e escorregadias devido a uma tempestade recente. E muitas vezes havia feixes de luz atravessando a fotografia para criar estímulo visual e profundidade de campo.

Até mesmo Shannon amou a exposição, sobretudo as fotos de Brassaï da vida noturna parisiense. Os homens e mulheres estavam bem-vestidos, tomando champagne, fumando cigarros com suas piteiras, desfrutando a alegria de Paris nas décadas de trinta e quarenta.

Na volta para casa, elas estavam exaustas e mal falaram. Quando Shannon deixou Tessa em casa, as duas se abraçaram para se despedir, demorando um pouco mais do que o normal. Com a melhor amiga nos braços, por algum motivo Tessa sentiu que nunca se esqueceria daquele dia.

Antes que fosse embora, Shannon abaixou o vidro do carro e a chamou:

— Você sabe que é minha melhor amiga, né?

— Para todo o sempre — respondeu Tessa.

sessenta e cinco dias antes

A Jackpot Gifts era uma das três lojas de lembrancinhas cujo proprietário era Harold Goldman. Nos anos oitenta e noventa, os turistas que visitavam Atlantic City eram tantos que Harold podia deixar as lojas do calçadão abertas o ano inteiro. Porém, depois que os estados vizinhos passaram a ter os próprios jogos de apostas, o movimento diminuiu para Harold, e o mesmo aconteceu com suas vendas. Por fim, ele não teve escolha e precisou trocar para um modelo sazonal. Agora suas lojas abriam somente durante o verão, do feriado do Memorial Day, em maio, ao do Dia do Trabalho, em setembro.

Era fim de junho, e o segundo verão em que Tessa trabalhava na Jackpot. Aproveitando uma calmaria temporária, ela foi à frente da loja e parou debaixo de um imenso ar-condicionado, refrescando-se enquanto observava a multidão lá fora. Viu turistas de todo tipo passando nas duas direções, alguns empurrados em cadeiras de praia com rodinhas. À distância, conseguia ver as ondas do mar e ouvir os gritos animados de crianças brincando na praia.

— Você está diferente neste verão — disse Harold.

Tessa virou-se e viu o dono, Harold, parado na frente do caixa. Ele tinha entrado pelos fundos e estava contando dinheiro. Tinha menos de 1,70m, a pele muito bronzeada e cabelos vastos e grisalhos. Estava de bermuda verde-limão, camisa rosa e mocassins de couro marrom. O contraste das cores em seus trajes diários sempre fazia Tessa sorrir.

— Diferente como?

— Mais feliz.

Tessa fechou a cara.

— Defina "feliz".

— Quando eu tinha sua idade, ser feliz era encontrar uma menina bonita para beijar. Agora, na minha idade, eu tenho cinquenta e nove anos, a propósito, ser feliz é acertar uma trifeta.

Tessa não sabia o que era uma trifeta, mas imaginava que tinha algo a ver com apostas, o hobby não tão secreto de Harold.

— Você conheceu algum garoto legal? — perguntou.

Tessa conteve o sorriso.

— Que bom — disse ele. — Um *shoebee*?

Shoebee. Um termo que somente os moradores locais conheciam. Significava turistas, pessoas que iam de sapato para a praia.

— Ele mora mais ao norte, mas não é um *shoebee*. Ele passa os verões aqui e vai até vir para cá amanhã. Vai ser a primeira vez que vou vê-lo em um bom tempo. Ele me convidou para jantar com ele e o avô.

— Está nervosa? — perguntou Harold, mas antes que Tessa pudesse responder, ele prosseguiu: — Não fique. Vá por mim: ele está ainda mais nervoso do que você.

— Como você sabe?

— Eu já fui adolescente — disse, fechando a gaveta do caixa. — Mas se lembre de levar algum presente amanhã à noite.

— Um presente?

— Isso. Você precisa causar uma boa impressão, não é? Leve uma sobremesa. É o que eu levaria. Ou, melhor ainda, faça um bolo. Assim vai ser mais pessoal.

Depois disso, Harold saiu da loja, certamente para ir a uma das mesas de blackjack da cidade.

sessenta e quatro dias antes

Naquela noite, a primeira mensagem de Skylar chegou às 6h52.

Skylar: Já tá vindo?

Tessa não respondeu.

Dez minutos depois, seu telefone tocou. Ela deixou cair na caixa postal. Quando foi ouvir a mensagem, escutou a voz de Skylar. "Oi, é o Skylar. Hum... eu te mandei uma mensagem... está tudo bem? Cadê você? Me liga."

Ela não ligou.

Tessa estava dentro do carro de Vickie, estacionado na North Clermont Avenue. Estava a menos de um quarteirão da casa do avô de Skylar, a no máximo cem metros de distância. Porém, fazia meia hora que estava sentada ali, congelada, imóvel.

O dia não tinha começado daquele jeito.

Começara com Tessa tentando, e não conseguindo, fazer um bolo de chocolate. Harold tinha razão: levar uma sobremesa era uma ótima ideia. Infelizmente, para Tessa, culinária era o mesmo que física nuclear. Vickie se ofereceu para ajudar, mas Tessa, geniosa que era, insistiu em fazer tudo sozinha. Afinal, preparar um bolo não devia ser tão difícil assim.

No instante em que Tessa tirou a travessa do forno, percebeu que havia algo muito errado. O bolo nem parecia um bolo; estava torto e sem forma. Tessa pensou que talvez desse para disfarçar seu erro com a cobertura, mas não sabia que não se deve colocar a cobertura no bolo ainda quente. Logo após espalhá-la em cima do bolo, ela começou a derreter, escorrendo pelas laterais como lava derretida. Tessa tentou pôr o bolo na geladeira, na esperança de esfriá-lo. Porém, vinte minutos depois, ainda parecia uma abominação, só que mais fria. Tessa terminou se rendendo. Jogou toda a bagunça no lixo e decidiu que compraria alguma coisa a caminho da casa de Skylar.

Tessa tomou banho, arrumou o cabelo e pôs o vestido que comprara com Shannon na Filadélfia. Por que é que as roupas sempre ficavam tão melhores quando você as provava na loja? Era verdade que os espelhos dos provadores eram especiais e emagreciam as pessoas? Ai, dane-se, Tessa não tinha tempo para aquilo. Skylar pedira para ela chegar às seis e meia, e já eram seis e quinze.

Tessa foi de carro até a Dottie's Pastry Shop, uma padaria pequena na Ventnor Avenue. Eles estavam quase fechando, e Tessa entrou em pânico ao ver os balcões vazios. Felizmente, Dottie conseguiu pegar alguns cookies nos fundos. Ela colocou-os em uma caixa quadrada e a amarrou com uma fita.

Enquanto Tessa se aproximava da casa de Skylar, um suor gélido começou a brotar na sua nuca. Ela diminuiu a temperatura do ar-condicionado. Porém, isso a fez estremecer. Agora estava com frio e ansiosa. E talvez um pouco nauseada também. Ela se perguntou se aquilo não seria uma crise de pânico. Certa vez, lera a lista de sintomas na internet. Então lembrou que a melhor maneira de enfrentar uma crise de pânico era parando o que estava sendo feito e respirando. Tessa parou o carro na lateral da rua, desligou o motor e começou a respirar.

Inspire... expire... inspire... expire...

Do lado de fora, o céu começava a escurecer.

Inspire... expire... inspire... expire...

Pelo para-brisa, Tessa viu os postes se acenderem ao mesmo tempo. A luz de um deles parecia com defeito. Piscava como um estroboscópio.

Inspire... expire... inspire... expire...

Ela parou para pensar e se perguntou o que realmente sabia sobre Skylar. Afinal, eles tinham passado uma única noite juntos. É verdade que tinham trocado muitas mensagens de texto e e-mails. No entanto, era fácil ser inteligente e espirituoso quando se tinha tempo para formular as palavras.

Inspire... expire... inspire... expire...

Como é que Tessa poderia ter certeza de que Skylar realmente era a pessoa alegre e sincera que parecia ser com ela? E se Skylar fosse *mesmo* aquela pessoa, que diabos ele queria com Tessa? Ela não era nada alegre e tinha o que Vickie chamava de "temperamento de artista". O que era uma maneira bonita de dizer deprimida.

De repente, Tessa se lembrou de algo dito pelo pai de uma família que a acolhera. Ela se esforçara bastante para esquecer o nome e o rosto do homem, mas jamais se esqueceria de algo que ele lhe dissera: *talvez ninguém queira você porque você não merece amor.*

Não merece amor.

Eles eram tão diferentes, Skylar e ela.

Skylar merecia amor e sabia disso. Dava para ver pela maneira como ele se portava e sorria, pela sua confiança, pelo brilho em seus olhos. Ao que tudo indicava, Skylar tinha sido criado em um ambiente amoroso, com pais que estavam juntos desde o colégio. Isso influenciava a criança. Isso a protegia. Deixava-a confiante. Segura de si. Era o tipo de pessoa que ia estudar em uma universidade da Ivy League e menosprezava em segredo aqueles que não faziam o mesmo.

Tudo bem, talvez Tessa e Skylar tivessem algumas coisas mais superficiais em comum. Mas as diferenças de seus passados terminariam atrapalhando. Ele se cansaria das mudanças de humor dela; ela se cansaria do fato de ele sorrir o tempo todo. Então para que tentar? Por que começar um romance de verão quando o fim era certo? Não seria melhor para todos os envolvidos se Tessa já os poupasse logo da mágoa? Ela não estaria fazendo um favor para Skylar? *Que Skylar encontre outra garota, uma garota feliz, de olhos felizes como os dele.*

O celular de Tessa tocou.

Ela olhou para a tela. Era uma mensagem de Skylar.

Skylar: ?????????

Ela não respondeu.

trinta e quatro dias depois

— **Vá embora** — murmurou Tessa, de sua cama. — Estou dormindo.

Sua porta se abriu mesmo assim, inundando o quarto de luz. A garota apertou os olhos. Viu Vickie parada, com o uniforme do cassino. Ela parecia irritada.

— Vamos, Tess. Já passa das oito. Fiz dois turnos e você estava dormindo quando saí... você chegou a ir ao colégio?

Tessa puxou o cobertor para cima da cabeça. Ouviu Vickie soltar um suspiro frustrado.

— Você precisa trocar o curativo do peito. E também comer alguma coisa.

— Não estou com fome.

— Faz dias que você não come uma refeição de verdade. Isso não é saudável.

— Daqui a pouco eu desço. Prometo.

Satisfeita, Vickie se afastou para fechar a porta. No entanto, antes que terminasse o movimento, Mel apareceu atrás e pôs a cabeça dentro do quarto.

— Ei, Tess — disse ele —, que bom que mudou de ideia sobre a câmara escura. Seria uma pena se você tivesse se livrado de tudo aquilo.

Vickie fechou a porta, devolvendo o quarto à escuridão. Tessa demorou alguns instantes para assimilar as palavras de Mel. Como assim, *mudou de ideia*? Ela não tinha mudado de ideia a respeito da câmara escura. Do que ele estava falando?

Curiosa, Tessa saiu da cama, atravessou o corredor e puxou o alçapão do sótão. No meio da escada, ela já percebeu que as luzes vermelhas estavam acesas, lançando um brilho sinistro no teto inclinado. Quando finalmente chegou ao topo da escada, ficou perplexa ao ver que sua câmara escura tinha sido toda remontada. Cada objeto que guardara, cada bandeja, cada frasco, cada percevejo no quadro de avisos de cortiça, tinha sido devolvido ao seu lugar. Até mesmo as fotografias penduradas no varal tinham sido colocadas exatamente na mesma ordem em que ela as deixara.

Primeiro Tessa pensou que devia ter sido Mel. Em uma demonstração de preocupação paterna, ele passara a noite inteira pegando o equipamento no meio-fio e o levando de volta ao sótão. Mas depois se perguntou como Mel saberia o lugar exato de cada coisa, sem errar nenhum centímetro. E como teria conseguido montar o ampliador? Ele mal conseguia usar a torradeira.

Então restava Vickie.

Porém, Tessa lembrou que Vickie lhe dissera que trabalhara dois turnos na noite anterior. Então quando teria feito isso?

Tessa percebeu um zunido baixinho. Seus olhos percorreram o sótão, e foi então que ela notou que o ampliador estava ligado, com a ventoinha girando metodicamente em seu interior. De repente, FLASH!, a lâmpada do ampliador disparou por conta própria. Um calafrio percorreu o corpo de Tessa. O que estaria acontecendo ali?

Ela aproximou-se do ampliador e percebeu uma folha em branco de papel fotográfico na base. Curiosa, estendeu o braço e removeu o porta-negativo, mas viu que estava vazio. Então a folha em branco não teria nenhuma imagem. Entretanto, só havia uma maneira de ter certeza disso.

Tessa girou o antigo timer de cozinha e pôs o papel fotográfico na bandeja cheia de revelador...

Ela não sabia o que esperava ver enquanto aguardava a revelação. Porém, o que *não* esperava ver era a cor azul. E não um azul qualquer. Um azul-elétrico, espalhando-se como gavinhas em neon pela superfície do papel.

Não fazia sentido. Os produtos químicos que ela tinha acabado de misturar serviam apenas para filme em preto e branco. A presença de cor no papel fotográfico não era apenas uma surpresa, era uma impossibilidade científica. E mesmo assim mais cores escorreram pela superfície do papel, tons de laranja e verde, formando manchas amorfas que terminaram se juntando e formando uma sequência de letras...

O
S
RA
N
ER
D
M

Ela tentou ler as letras de baixo para cima, depois de cima para baixo. Porém, elas não formavam palavras compreensíveis. Mais borrões se espalharam pelo papel, formando mais letras...

OC
ST
TRA
NO
ERR
DO
MO

Tessa ficou sem ar quando as últimas letras apareceram em torno das outras, formando as palavras:

**VOCÊ
ESTÁ
ENTRANDO
NO
TERRITÓRIO
DO
AMOR**

Eram as palavras que os hóspedes viam ao chegarem ao Hotel Empíreo.

Ding!

Tessa assustou-se com o timer tocando. Ela pegou uma pinça, ergueu a foto pingando de uma bandeja e a deixou na ao lado, com fixador. Chocada, viu a foto continuar sendo revelada, com as letras escurecendo e deslizando para dentro uma da outra. Tudo que ela podia fazer era ver o papel se transformar em um retângulo preto, até finalmente as palavras desaparecerem.

Tessa decidiu que havia duas possíveis explicações para o que acabara de acontecer:

Skylar estava tentando se comunicar do além.

Ela estava *imaginando* Skylar tentando se comunicar do além.

Após considerar suas opções, Tessa concluiu que só havia uma maneira de confirmar qual explicação era correta. Ela precisava dar outra chance a Skylar.

Tessa pôs uma folha de papel fotográfico em branco na base do ampliador. Em seguida, deu alguns passos para trás e disse em voz alta:

— Faça de novo, Sky.

Ela olhou para o ampliador, ouvindo a ventoinha girando. Nada aconteceu. Esperou cinco minutos, depois dez. Nada ainda. Com a ansiedade cada vez maior, percebeu que a segunda possibilidade parecia mais provável. Ela não queria mais ficar ali e sentiu uma vontade repentina de sair correndo da câmara escura e nunca mais voltar. Tessa pôs o braço sob o ampliador para desligá-lo e então, FLASH!, aconteceu de novo.

A garota removeu depressa o papel e o soltou na bandeja de revelação, submergindo-o nos produtos químicos. Mais uma vez, uma foto colorida apareceu diante de seus olhos. Logo ela identificou a silhueta de sua própria mão, que estava em cima do papel quando o flash disparou. Mas então viu outra coisa...

Outra mão.

E, diferentemente da sua, aquela não era uma sombra. Era translúcida e estava envolta por um halo azul-claro. A mão fantasmagórica parecia estar segurando a sua.

Tessa só percebeu que estava chorando quando sentiu o gosto de lágrimas nos lábios. *Ele está aqui. Me olhando. Tentando me tocar. Então por que não posso vê-lo? Nem escutá-lo?*

Tessa transferiu a fotografia para o fixador, mas o resultado foi o mesmo: um retângulo preto.

Mais uma vez, Tessa pôs um papel fotográfico em branco no ampliador. Desta vez, contudo, se agachou e pôs o rosto debaixo da lente, apoiando a bochecha na base. Ela fechou os olhos, mas ainda conseguia sentir o calor e a luz irradiando de cima.

Tessa soltou rapidamente o papel fotográfico na bandeja. Viu o contorno escuro de seu rosto aparecer. E então... as curvas de outro rosto começaram a se formar ao lado do dela, a bochecha encostada na sua. No rosto opaco, irradiando uma aura de cores etéreas, via-se uma expressão de imensa saudade. Ela tinha visto aquele rosto muitas vezes antes. Na verdade, ela estudara e decorara todos os seus contornos.

Tessa estava encarando o rosto de Skylar.

Do sofá da sala, Mel chamou-a:

— Ei, ei! Para onde você pensa que vai?

Tessa estava ofegante enquanto pegava as chaves do carro, penduradas em um gancho na entrada da casa.

— Encontrar uma amiga — respondeu ela.

— A *esta* hora? Já passa das dez. E a orientação do seu médico de ficar em repouso?

— Eu estou bem, Mel.

Sentada ao lado de Mel, Vickie entrou na conversa:

— Você me prometeu que ia comer alguma coisinha.

— Eu compro alguma coisa no caminho.

A voz de Mel ficou mais ríspida.

— Tess, quem quer que seja que você queira ver, espere até amanhã. Agora largue essa chave e vá comer algo.

Mais um confronto.

— Eu falei para você largar essa chave aí! — gritou ele.

Tessa arremessou a chave do carro na parede.

— Tá! Vou andando então!

Ela abriu a porta da frente e foi até a rua. Se Mel ou Vickie tentassem detê-la fisicamente, ela estava disposta a fazer um escândalo na frente dos vizinhos. Já tinha feito isso antes e não se incomodaria em fazer de novo.

— Tessa?

Ela se virou e viu Vickie correndo atrás dela, segurando a chave do carro em uma das mãos e um moletom cinza na outra.

— Só me diga a verdade — implorou ela. — Para onde é que você está indo?

Tessa pegou a chave, mas não o moletom.

— Para um lugar seguro. Prometo.

O horário de visita já tinha acabado faz tempo quando Tessa saiu do elevador do hospital, mas ela não estava nem aí. Se viessem tentar detê-la, poderia muito bem fazer um escândalo ali também. Quando ela passou depressa pelo posto de enfermagem, Jasmine pôs a cabeça para fora dele.

— Tessa? O que está fazendo aqui?

— Preciso falar com Doris.

— Só um segundo.

Mas ela não parou. Seguiu com rapidez pelo corredor, mesmo depois que Jasmine a chamou.

— Tessa? Tessa!

Tessa entrou no quarto de Doris, mas encontrou um enfermeiro removendo os lençóis da cama e os jogando em um cesto com rodinhas.

Jasmine apareceu atrás de Tessa.

— A família dela a levou para casa hoje de manhã. Não há mais nada que a gente possa fazer por ela.

— Preciso falar com ela, Jazz. Pode me passar o telefone dela?

Jasmine balançou a cabeça com firmeza.

— Não, não posso, Tessa. Isso me faria perder o emprego.

Tessa sentiu uma pontada intensa e repentina no peito. Toda a agitação estava cobrando seu preço.

Jasmine percebeu na mesma hora que havia algo de errado.

— Você está bem?

— Estou. Só preciso comer alguma coisa.

Mas ela não estava bem. Seu coração estava batendo irregularmente, acelerando, desacelerando, chacoalhando como um motor tentando pegar no tranco. Ela estava zonza.

— Senta aqui — disse Jasmine. — Deixe eu te examinar.

— Eu estou bem, Jazz.

— Garota, senta logo aí senão eu ligo agorinha para Mel e Vickie.

Tessa cedeu, acomodando-se na beira do colchão descoberto. Jasmine tirou o estetoscópio e começou a ouvir o coração dela.

—Agora me diga uma coisa... por que é que precisa tanto falar com Doris?

— Tem a ver com uma coisa que ela me disse. Sobre a vida após a morte. Ela disse que não é um lugar imaginário no meio das nuvens. Disse que é real. E que as pessoas podem tentar entrar em contato conosco de lá.

Jasmine deu uma risadinha.

— E eu achando que aquela velha rabugenta era pirada.

— Ela tirou o estetoscópio dos ouvidos. — Seu coração está acelerado, mas parece forte.

— Por que achava que Doris era louca? Ela te disse alguma coisa?

Jasmine fez que sim.

— Acredite se quiser, ela me disse que você voltaria para falar com ela. Na verdade, até deixou uma coisa para você. Vem comigo.

No posto de enfermagem, Jasmine tirou uma coisa de sua gaveta e a entregou para Tessa. Era o primeiro livro de Doris, *O fim do adeus*, que ela oferecera a Tessa quando as duas conversaram no jardim. Era como um consolo, a melhor alternativa já que ela não podia ver Doris.

Quando Tessa se virou para ir embora, Jasmine chamou-a:

— Tessa? Já vi muita morte e muito luto no meu trabalho aqui como enfermeira. E pela minha experiência, viver no passado nunca ajudou ninguém... lembre apenas que às vezes uma borboleta é apenas uma borboleta, não um sinal dos céus.

Tessa demorou três horas para ler o livro de Doris de cabo a rabo. Em quase todas as páginas, ela sublinhava algo que achava relevante. Logo, começou a escrever anotações e perguntas em um bloco. Era como se estivesse fazendo um trabalho da escola.

Depois, foi pesquisar na internet e visitou uma infinidade de sites sobre a vida após a morte. Alguns pareciam legítimos, já outros pareciam feitos por loucos e por adeptos de teorias da conspiração. Um homem alegava que Lizzie

Borden, a famosa assassina do machado, entrara em contato com ele para jurar que não tinha matado os pais e exigir um julgamento popular para limpar o nome.

Após horas de pesquisa, a grande pergunta de Tess era: por quanto tempo? Por quanto tempo os espíritos desencarnados continuavam aqui depois da morte? Cada religião e filosofia tinha uma resposta diferente. Os budistas acreditavam que a alma sobrevivia por quarenta e nove dias após sua morte material. Segundo a tradição judaica, esse intervalo durava apenas trinta dias, o que significava que Skylar já tinha partido. Mas isso não fazia sentido, pois ele a contactara na noite anterior.

Tessa queria as respostas claras proporcionadas pela ciência. No entanto, tudo que ela lia eram teorias e suposições. No fim, acabou ficando com mais perguntas do que respostas.

sessenta e um dias antes

Já passava das cinco quando Tessa avistou Skylar caminhando na praia. Ele e outro salva-vidas estavam carregando nos ombros um barco a remo da Prefeitura de Margate. Skylar vestia uma bermuda de praia do tipo que os surfistas mais usavam. Suas pernas, esculpidas pelos anos de remo, pareciam mais troncos de granito, e seu rosto estava bronzeado após um longo dia no posto salva-vidas.

Tessa chamou-o:

— Skylar?

Primeiro ela viu um entusiasmo repentino no rosto dele. Porém, essa expressão logo foi substituída por um olhar de insatisfação que parecia dizer: *merda, o que* você *está fazendo aqui?* Talvez Shannon tivesse razão. Talvez pedir desculpas por e-mail tivesse sido melhor.

Quando Skylar passou por ela, ele disse:

— Me dê só um minutinho.

Ela assentiu em silêncio e observou ele e o outro salva-vidas irem até uns pilares de madeira ao lado da cabana dos salva-vidas, onde prenderam as duas extremidades do barco em duas polias diferentes. Com um em cada ponta, Skylar e o outro giraram suas respectivas manivelas, fazendo o barco sair do chão até ficar a um metro da areia. Quando acabaram, ele estava balançando para a frente e para trás, como o pêndulo de um relógio de parede antigo.

Skylar e o outro salva-vidas se despediram batendo as palmas das mãos uma na outra. Ele ficou parado por alguns segundos, a cabeça levemente inclinada para trás, como se precisasse se preparar para o que aconteceria. Depois, foi até Tessa.

— E aí? — disse, a voz atipicamente sem emoção.

Ele não tirou os óculos escuros espelhados, então Tessa estava vendo dois reflexos distorcidos do próprio rosto.

— Não sei o que dizer — respondeu Tessa.

— Sabe, sim — disse Skylar, com firmeza.

Era desconcertante vê-lo agindo com tanta frieza. Tessa continuou em silêncio. Ela ouviu o estrondo distante das ondas e o piado das gaivotas voando em cima deles. Seu coração estava em disparada, e ela ainda não sabia o que dizer.

— Acho que este é o pior pedido de desculpa que já ouvi — afirmou Skylar.

Tessa caiu na gargalhada. Ela não conseguiu se segurar. Viu que Skylar também queria rir, mas se conteve. Ele não estava pronto para perdoá-la.

— Peço mil desculpas — disse ela. — Não sei de que outra maneira dizer isso, mas pisei mesmo na bola.

— Nossa, o que aconteceu com você?

— Sei lá.

— Foi mal, mas preciso de mais do que isso.

— Acho que foi... muita pressão.

— Porque você ia conhecer meu avô?

— Por causa de *nós dois*.

— Que pressão? Já no primeiro momento em que nos vimos lá no cinema, parecia que eu te conhecia desde sempre.

— Exato. Foi incrível. E depois tivemos aquela noite maravilhosa. Parecia muita expectativa. E de repente fiquei preocupada: e se eu estragasse tudo?

— Em outras palavras, você ficou com tanto medo de estragar as coisas... que *realmente* estragou as coisas?

— Sei que não faz sentido. Eu fiquei paralisada. Tipo um... medo de palco.

Skylar inclinou os óculos escuros, afastando os cachos da testa. Seus olhos azuis estavam reluzentes e claros.

— Você poderia ao menos ter ligado.

— Tem razão. Eu deveria. Mas aí, depois que amarelei, eu fiquei com *tanta* vergonha. A cada dia que passava, eu achava mais difícil falar com você... e, se soubesse o meu passado, você entenderia por que sou assim de vez em quando.

— Talvez você devesse me contar mais dele.

— E vou contar. Em breve.

Tessa observou o rosto dele. Algo nela lhe disse que deveria tocá-lo, então segurou a mão dele, entrelaçando os dedos dos dois. Ela sentiu os grãos duros de areia na sua palma.

— Se você me perdoar e eu puder me redimir com você, prometo que nunca mais faço nada assim.

— Você não precisa se redimir *comigo*, e, sim, com meu avô.

— Faço qualquer coisa.

— Você gosta de dançar? — perguntou ele.

— Dançar?

Skylar sorriu.

— Você vai ver.

sessenta e um dias antes

O avô de Skylar, Mike, morava em uma casa de um tom marrom-rosado que ficava no centro de Margate. Era um senhor excêntrico que gostava apenas de algumas poucas coisas: cozinhar, ouvir jogos de beisebol no rádio e, acima de tudo, dançar. Ele era um dançarino fantástico, aperfeiçoara sua habilidade ao longo de anos de prática, tendo a primeira aula na infância.

Infelizmente, a dança estava se tornando mais complicada para Mike devido à sua degeneração macular. A perda da visão começara depois de sua esposa, a avó de Skylar, falecer de leucemia após 39 anos de casamento. No começo, Mike pensou que os problemas nos seus olhos tinham sido causados pelo luto. "Não quero enxergar o mundo sem ela", dizia ele entre uma crise de choro e outra. Todavia, quando a visão de Mike continuou piorando, a mãe de Skylar o levou para um especialista na Filadélfia que lhe deu a má notícia. Mike tinha uma doença ocular progressiva para a qual não havia cura.

Cinco anos depois, Mike tinha perdido oitenta por cento da visão, então era considerado legalmente cego. Não havia escolha; ele tinha de se ajustar à nova realidade. Para começar, trocou a posição de seus móveis para não esbarrar nas coisas. Colou pontinhos de braile nos itens da despensa para não confundir sal com açúcar. E uma ajudante chamada Rosaria vinha uma vez por semana para trazer compras de mercado e audiolivros da biblioteca.

Antes de Tessa chegar para o jantar, Skylar lhe dissera para ela se preparar para uma apresentação.

— Ele ama dançar. É isso que o faz seguir em frente.

E, de fato, assim que eles acabaram a sobremesa, Mike levou Tessa e Skylar da sala de jantar para a de estar.

Tessa ficou fascinada com a facilidade com a qual Mike andava pela casa sem bengala. Skylar explicou que Mike morava ali há mais de trinta anos e tinha decorado instintivamente o local de cada parede, cada porta, cada maçaneta.

Na sala de estar, Mike pediu que Tessa e Skylar se sentassem no sofá que ele chamava de "namoradeira". Ele enrolou o tapete persa que cobria o chão e empurrou o tubo de lã até a parede. Então, apertou *play* no toca-fitas cor de kiwi em cima da lareira.

Na mesma hora, as cornetas ribombaram em coro nas caixinhas de som. Era uma música antiga de *swing*, do tipo que as pessoas dos anos quarenta ouviam. Era o hip-hop deles.

Mike começou a dançar. Ele tinha uma graciosidade surpreendente para um senhor de setenta anos, e Tessa conseguia ver o encanto no seu rosto enquanto dançava, uma mistura de sapateado com movimentos excêntricos do jazz. Skylar sentou-se ao lado de Tessa no sofá e ficou de mãos dadas com ela enquanto lhe lançava alguns olhares para ver sua reação.

No começo, a garota ficou tensa com a ideia de que Mike fosse esbarrar na mobília ou derrubar alguma coisa. Mas ele parecia ter uma consciência espacial intuitiva de seus arredores. Em nenhum momento pareceu estar desorientado ou correndo risco de se machucar, e logo ela estava apenas curtindo a apresentação.

Bem naquele momento, o celular de Skylar tocou. Ele olhou para a tela.

— É meu pai — disse.

— Pode atender — respondeu Tessa. — Tá tudo bem.

Skylar beijou sua bochecha e foi para a cozinha para ter privacidade. Quando Tessa se virou de volta para Mike, sua mão estava estendida para ela.

— Vem aqui, mocinha — gritou ele. — A vida só começa depois que a pessoa dança mambo!

Tessa não gostava muito de dançar. E a verdade é que ainda estava cheia depois de comer o rosbife com batatas de Mike. No entanto, queria ser educada, então se levantou do sofá e foi para o lado dele na pista de dança improvisada.

— Vamos lá — disse Mike. — Me acompanhe... pé esquerdo para a frente... pé esquerdo para trás... depois pare.

Tessa imitou seus passos com o pé esquerdo.

— Agora — prosseguiu Mike —, faça o mesmo com a perna direita... Pé direito para a frente, pé direito para trás, pare.

Tessa aprendeu rapidamente os passos. Logo Mike a puxou para mais perto e os dois começaram a dançar mambo juntos.

— Consigo ouvir seus passos no chão. Sua marcação de tempo é perfeita — disse ele, incentivando-a.

— É porque meu parceiro de dança é o melhor de todos — respondeu Tessa, entusiasmada.

Quando a música chegou ao fim, Mike soltou-a e ficou parado, ofegante. Havia um sorriso animado em seu rosto. Obviamente querendo se sentar, ele estendeu a mão para trás, tentando encontrar o braço de sua poltrona.

— Eu ajudo o senhor — disse Tessa, segurando seu cotovelo e o levando até sua poltrona. — Quer mais alguma coisa, Mike? Talvez um copo de água?

— Não. Por favor, sente.

Ele gesticulou para o sofá, e ela se sentou de novo.

Houve um silêncio enquanto Mike continuava ofegando, como um cão idoso após uma longa caminhada.

— Queria me desculpar de novo pela semana passada — pleiteou Tessa. — Juro que não sou nenhuma furona.

Mike balançou a mão.

— Esqueça isso. Eu disse para Skylar que só vale a pena se apaixonar pelas garotas mais intensas.

Em seguida, Mike apontou para um local em cima da lareira. O olhar de Tessa acompanhou seu dedo até uma imensa fotografia em preto e branco pendurada na parede. Era da falecida esposa de Mike em seu casamento. Ela estava com um vestido marfim acetinado que parecia derreter por cima das curvas de seu corpo.

— Ela era muito bonita — afirmou Tessa.

Apareceu um orgulho repentino no rosto de Mike.

— Sempre digo às pessoas que *ela* é o motivo da minha cegueira. Tantos anos olhando para aquela mulher linda... foi beleza demais para meus olhos.

— O senhor deve sentir muita saudade dela.

— Você conhece E. E. Cummings?

— O poeta?

— Isso. Muito bem. Certa vez ele descreveu o luto como uma guerra entre a lembrança e o esquecimento.

Antes que Tessa pudesse responder, ouviu a voz de Skylar se elevar, saindo da cozinha. Ela não conseguia entender o que estava sendo dito, mas ele parecia agitado. Quando Tessa se virou de novo para Mike, percebeu que ele estava transtornado.

— O divórcio está sendo difícil para ele — explicou.

— *Divórcio?* — perguntou Tessa, surpresa. — Ele nem mencionou isso comigo. Disse que os dois estavam se resolvendo.

— Eles ainda não deram entrada. Acho que estão tentando acalmar Skylar primeiro.

— Não entendo. Se eles não querem ficar juntos, por que Skylar quer isso?

— Boa pergunta. Pense o seguinte: quando a pessoa cresce com pais que não se dão bem, ela espera que os relacionamentos sejam assim mesmo. Mas quando alguém cresce como Skylar, com pais que namoravam desde o colégio e que eram muito apaixonados, bem, não dá para entender que ele só espere coisas boas?

De repente, Tessa se lembrou da primeira conversa dos dois no cinema. Ela acreditava que a maioria das histórias românticas memoráveis tinha um fim triste. Skylar discordava. E agora Tessa entendia o motivo.

— Muitas pessoas não entendem que o amor tem seu preço — disse Mike.

— Ah, é? — perguntou Tessa. — E qual é?

Mike abriu um sorrisinho.

— Temo que todos nós precisemos descobrir isso sozinhos.

Skylar voltou à sala. O sorriso em seu rosto parecia forçado, como se não quisesse que Tessa e Mike soubessem que estava chateado.

— Tudo bem? — questionou Tessa.

— Uhum, tudo.

Mike levantou-se.

— Bem, por mais que eu queira ficar com vocês, jovens, este velhote aqui precisa ir dormir. Tenham uma ótima noite. — Enquanto se virava para ir embora, Mike balançou o dedo em alerta. — Nada de safadeza, hein?

Skylar sorriu.

— Boa noite, vovô.

Depois que Mike foi para seu quarto, Tessa perguntou:

— *Safadeza?*

— Ele não quer que a gente fique se agarrando.

Desafiando o alerta do avô, Skylar fez Tessa se deitar e se acomodou ao seu lado, entrelaçando braços e pernas com os dela. Eles passaram vários minutos se beijando, parando apenas quando precisavam recobrar o fôlego.

— Ele é gente boa, né? — perguntou Skylar.

— Nossa, sim. Que sorte a sua de tê-lo na sua vida.

— Ele me deu tanta perspectiva. Já passou por tantos altos e baixos. E apesar dos obstáculos, ama a vida. É assim que eu quero ser.

A esta altura, Tessa estava com vontade de perguntar a Skylar sobre a discussão que ele tivera com o pai. Mas Skylar já tinha entendido isso pela sua expressão.

— Você ficou chateada com a ligação do meu pai?

— Por que não me contou que seus pais vão se divorciar?

O garoto deu de ombros.

— Por que você não me deixa ver suas fotos?

— Não estamos falando de mim neste momento.

Ele sentou-se e esfregou as mãos no rosto. Sua cabeça se apoiou no encosto do sofá. Agora, estava encarando o teto, em silêncio.

— Bem — começou Tessa —, o fato de os dois estarem se separando não significa que não gostam um do outro. Significa apenas que...

— Que eles desistiram. E não acho isso justo.

— Não é justo com quem? Com eles? Ou com você?

Skylar ergueu a cabeça e endireitou a postura, como se estivesse se preparando para dizer algo importante.

— Quando você está remando numa corrida e chega aos últimos vinte metros, é aí que seu corpo começa a falhar. Cada músculo em seu interior está ardendo de dor, seus pulmões estão implorando por oxigênio, e todas as células do seu corpo berram para que você desista... Mas, se você deseja vencer, é bem nesse momento que deve dar tudo de si e remar mais forte ainda. E é só assim que eles podem salvar o casamento.

Tessa ficou comovida com a inocência de Skylar, com sua devoção ingênua à pureza do amor. Não era fingimento. Ele realmente acreditava no amor.

— Você acha que estou louco — disse ele.

— Não — respondeu Tessa, afastando alguns cachos da testa dele. — Mas parece *muito* que você nunca se magoou na vida.

— Como você?

— Não quero bancar a heroína. Mas já passei por *muita* coisa.

— Um dia você me conta? — pediu Skylar.

— Em breve — garantiu-lhe Tessa. — Mas agora esta

garota aqui está louquinha, louquinha *mesmo*, por um sorvete de chocolate. E por uma caminhada na praia.

— Seu desejo — disse Skylar — é uma ordem.

trinta e cinco dias depois

— **Bardo?**

Era manhã do sábado e Tessa e Shannon estavam fora do ginásio do colégio, esperando para entrar e fazer a prova do vestibular. Shannon estava folheando o livro de Doris.

— Tem muitos nomes diferentes — disse Tessa. — Mas é assim que os budistas chamam. É o lugar para onde todos nós vamos quando morremos.

— Eu, não — respondeu Shannon. — Eu vou pra Jamaica.

— É como uma sala de espera para nossas almas. Depois da morte, elas se separam dos nossos corpos e passamos um tempo num estado intermediário antes de seguirmos para... para o que quer que venha depois.

— *Um tempo?*

— Não é muito científico. Algumas almas passam semanas, já outras ficam meses ou até mesmo anos. Varia para cada alma.

— Tá, e você acha que Skylar está tentando falar com você lá desta... sala de espera?

— Eram fotos coloridas, Shannon! Você sabe que não tiro fotos coloridas. Nem sequer tenho os produtos químicos para revelar fotos assim!

— E você não pode me mostrar as fotos porque...

— Eu já disse. O fixador não funcionou. Não sei o motivo. Talvez os espíritos não possam ser captados pelos filmes...

— Sei — disse Shannon, sarcasticamente.

Elas chegaram à mesa onde dariam os nomes. Gerald estava sentado atrás dela e, ao ver Tessa, animou-se e empurrou uma caneta para ela.

— O-oi, Tessa. Eu, hum, escolhi a carteira cinquenta e quatro para você, bem debaixo do ar-condicionado. Lá dentro é bem quente.

Tessa assinou seu nome.

— Obrigada, Gerald.

Enquanto elas se afastavam, Shannon brincou:

— É bom ter amigos importantes.

Elas entraram no ginásio. Havia uma centena de carteiras dispostas como em um tabuleiro de xadrez, todas numeradas. O burburinho dos estudantes conversando ecoava até o teto. O barulho dos tênis no piso de madeira também.

Tessa foi atrás de Shannon e continuou insistindo sobre o que acontecera na câmara escura.

— E se eu tiver mudado porque "morri" e voltei? E se... sei lá... eu agora estiver sintonizada com outra frequência?

— Tipo a frequência dos mortos?

Frustrada, Tessa jogou as mãos para o alto.

— Foi mal, Tess — disse Shannon. — Quero acreditar em você, juro. Mas... mensagens do além?

O monitor da prova pôs as mãos em torno da boca para propagar a voz e gritou para o ginásio:

— Dois minutos!

Shannon localizou sua carteira e se virou para Tessa.

— Tess? Amo você como se fosse minha irmã. Mas não acho que a questão sejam as fotos coloridas, a sala de espera, os bardos...

— Tudo bem. E então o que é?

Shannon devolveu o livro de Doris para a amiga:

— Uma garota que não quer desapegar do passado.

Tessa fez as seções de interpretação e vocabulário com facilidade, mas então veio a parte de matemática. Para ela, álgebra era o que a criptonita simbolizava para o Super-Homem. Era como se parte do seu cérebro desligasse quando ela olhava gráficos, triângulos ou números. Após dez minutos, já queria um intervalo. Pôs o lápis na carteira e esfregou os dedos nas têmporas, fazendo pequenos círculos para aliviar a tensão. Ela se perguntou se não seria melhor sair do ginásio e esquecer completamente a prova.

Mas então pensou na promessa que fizera a Skylar. Ele tinha a crença inabalável de que Tessa, além de ter talento o bastante para entrar em um curso de artes, receberia uma bolsa de estudos de todas as universidades em que tentasse estudar. Durante o verão, eles tiveram várias conversas, e uma discussão, sobre os planos de Tessa para o futuro. Ele não conseguia entender por que Tessa não queria nem sequer *considerar* ir para a universidade. *O que você tem a perder?*, perguntara ele.

Após um tempo, a garota concordou em prestar vestibular. E agora lá estava ela, à deriva em um mar de trigonometria, cumprindo a promessa que fizera a ele.

Naquele momento, Tessa ouviu o barulho de um lápis rolando. Não durou um segundo. Ela olhou para baixo e viu que seu lápis tinha se movido alguns centímetros. Agora a ponta estava apontando para a resposta *b*.

Intrigada, Tessa pôs o lápis no lugar. Na mesma hora, ele rolou *sozinho* para a letra *b* de novo. Tessa soltou uma risada empolgada que chamou a atenção de vários alunos ao seu redor. Ela corou de vergonha e olhou para baixo de novo. Pegou o lápis e marcou o círculo minúsculo ao lado da letra *b*.

Naquele momento, Tessa sentiu alguma coisa tocando nela. Primeiro foi como uma brisa suave e delicada roçando seu cotovelo. Mas então a sensação se intensificou. Agora parecia mais que eram... dedos invisíveis agarrando seu pulso. Alguma coisa, ou alguém, segurara sua mão.

Em vez de se debater, Tessa relaxou sob aquele toque. A força levou sua mão para a próxima resposta na prova e a fez preencher o círculo ao lado da letra *c*.

Skylar está me ajudando a fazer a prova!

Era uma sensação esquisita ver sua mão, sem nenhuma instrução, descer pela página da prova e preencher com rapidez as respostas: $d - c - b - a - c$.

Dez minutos depois, Tessa tinha completado a seção de matemática. Estranhamente, contudo, Skylar ainda não tinha acabado. A força invisível empurrou sua mão até o topo da folha da prova, fazendo-a preencher mais círculos. Agora ela estava respondendo às perguntas uma segunda vez, depois uma terceira. Como uma questão de matemática poderia ter três respostas?

Alguns minutos depois, a força soltou seu braço. Agora Tessa estava olhando para uma folha da prova que certamente seria anulada.

Mas então ela percebeu uma coisa... os círculos... os que ela tinha preenchido. Eles não eram aleatórios. Estavam formando letras. Tessa virou a folha noventa graus na carteira para que parecesse uma pequena tela de cinema. E agora ela pôde ler a mensagem que Skylar lhe enviara:

FALTAM CINCO DIAS

Seu corpo começou a se agitar incontrolavelmente por dentro, e Tessa precisou se esforçar ao máximo para não gritar de tanta alegria. Skylar acabara de responder à pergunta que a angustiava desde que ela lera o livro de Doris. Agora Tessa tinha certeza absoluta de que o espírito dele permaneceria na Terra por apenas mais cinco dias. Depois disso, não haveria mais nenhuma esperança de vê-lo uma última vez.

Bem naquele momento, o celular de um aluno perto dela começou a tocar, acabando com o silêncio no ginásio. O monitor da prova ficou furioso.

— É proibido usar celular durante a prova! — exclamou.

Enquanto o aluno colocava o celular no modo silencioso, Tessa ouviu outra coisa. Outro toque. E depois outro. E outro. Era a coisa mais incrível que ela já tinha visto. Cem celulares, todos tocando ao mesmo tempo, como um refrão digital.

Porém, isso nem foi a parte mais esquisita. A parte mais esquisita foi que cada um dos celulares estava tocando uma mesma música, a música *deles dois*.

More than this, you know there's nothing...
More than this, tell me one thing...

Os olhos de Tessa atravessaram a multidão e encontraram Shannon. Ela também estava segurando o próprio celular tocando. Com o rosto chocado, Shannon olhou nos olhos de Tessa, e sua expressão dizia silenciosamente: *eu acredito em você.*

cinquenta e oito dias antes

Skylar disse para encontrá-lo na praia após o trabalho dele acabar, às seis em ponto. Ele lembrou Tessa de levar a câmera, lembrete muito desnecessário, pois ela a levava para todo canto. Era algo que fazia parte dela tanto quanto seus braços e pernas.

A praia estava atipicamente quieta, com apenas alguns grupos de pessoas ainda deitadas na areia. Era o feriado de Independência dos Estados Unidos, e a maioria dos banhistas tinha ido embora cedo para comparecer a algum churrasco, ou para ver a queima de fogos anual.

Ao chegar ao posto salva-vidas, Tessa ficou surpresa ao ver Shannon e Judd sentados na beira, compartilhando fones de ouvido, um no ouvido direito dela, outro no ouvido esquerdo dele. Eles estavam balançando a cabeça enquanto escutavam alguma música.

De tanta garra e persistência, Shannon conseguira o que queria e estava saindo com Judd desde o fim do ano letivo. Porém, para sua tristeza, eles só tinham se agarrado uma vez.

Não houvera nenhum avanço, ao menos não fisicamente, nas últimas semanas.

— O que *vocês* estão fazendo aqui? — perguntou Tessa.

— Skylar me mandou uma mensagem dizendo para eu estar aqui às seis — respondeu Shannon. — Disse que ia fazer uma surpresa.

— Ele me mandou exatamente a mesma mensagem — acrescentou Judd.

Atrás deles, ouviu-se um forte barulho. Era um veículo de patrulha de praia, um quatro por quatro gigantesco, com pneus imensos e um giroflex de viatura em cima. Estava avançando na direção deles, fazendo cortinas de areia subirem. Tessa viu Skylar atrás do volante, de óculos escuros espelhados. Nossa, como ele era gato.

Skylar estacionou o jipe e saltou na areia.

— E aí, galera?

Ele passou os braços ao redor de Tessa e deu um monte de beijos no pescoço dela. Em seu abraço, ela se sentia... segura. Não. Não era essa a palavra. Era como se ali fosse *seu lar*. O lugar mais protegido do mundo. Com um teto acima de sua cabeça que mantinha o frio do lado de fora e o calor do lado dentro.

— E então, qual é a grande surpresa? — perguntou Shannon.

— Suba na picape. Já, já você vai descobrir — respondeu Skylar.

Judd saltou do posto salva-vidas e chegou à areia ruidosamente. Ele não se ofereceu para ajudar Shannon a descer.

— Que isso, não precisa se preocupar — brincou Shannon. — Eu consigo descer sozinha.

Ela foi atrás de Judd até o banco de trás da picape e fechou a porta, cruzando os braços com petulância.

Enquanto Tessa se dirigia ao banco do passageiro, Skylar a deteve. Ele balançou a chave diante dos olhos dela.

— Topa dirigir?

Tessa lançou um olhar malicioso e agarrou a chave.

— Você vai se arrepender.

Ela dirigiu como uma louca. Acelerou de um lado para o outro da praia, fazendo-o girar, disparando a sirene e ziguezagueando com uma despreocupação imprudente. No banco de trás, Shannon e Judd eram arremessados como se estivessem no brinquedo de algum parque de diversões.

— Desacelera aí essa porcaria! — gritou Shannon.

Para retaliar, Tessa virou o jipe para as ondas, fazendo a água do mar entrar pelas janelas, encharcando Shannon.

— ISSO NÃO FOI LEGAL! — berrou a garota. — NÃO! FOI! NADA! LEGAL!

Skylar tocou no ombro de Tessa.

— Pare o carro ali.

Ele mostrou um estacionamento vazio, o asfalto revestido por uma fina camada de areia. Tessa parou o monstro e pôs a marcha em *park*.

No banco de trás, Shannon soltou um suspiro de alívio exageradamente dramático.

— Deus seja louvado.

— Parece que alguém ganhou a carteira de motorista num sorteio... — disse Judd.

Tessa desligou o motor e se virou para Skylar.

— Pronto, chegamos. Qual é a grande surpresa?

Antes que Skylar pudesse responder, uma luz branca e ofuscante atravessou o para-brisa, assustando todos. A picape começou a tremer, apesar do motor estar desligado. Tessa ouviu um ruído rápido em cima de si. Olhou para cima e viu o helicóptero da patrulha de praia da Prefeitura de Margate descendo no céu. Ele aterrissou a trinta metros do jipe, as hélices rodopiantes lançando lixo e areia para o alto.

— Pegue sua câmera — disse Skylar. — A gente vai dar uma voltinha.

Tessa deu um berro de alegria. Ela mencionara várias vezes para Skylar que seu sonho era tirar fotos aéreas da ilha ao cair da noite, mas o passeio sempre fora caro demais. Porém, Skylar era assim. Ele nunca desistia. Sempre dava um jeito.

Tessa saltou do banco do motorista para o asfalto. Sentiu de imediato a forte rajada de vento que vinha do helicóptero. Percebeu que Shannon ainda estava no banco de trás, alerta. Tessa subiu no suporte para pés da picape. Falou com a amiga pela janela aberta.

— Você não vem? — perguntou.

— Não posso — disse Shannon. — Eu fico enjoada durante voos.

Enjoada? Do que ela estava falando? Shannon não ficava enjoada. Ela e a família viajavam para mais lugares diferentes do que qualquer outra pessoa que ela conhecia.

Tessa demorou apenas um instante para perceber que Shannon, como sempre, tinha um plano. Afinal, ela estava no banco de trás de uma picape gigantesca com o cara de quem gostava, e havia espaço de sobra para os dois se agarrarem.

Sempre uma amiga leal, Tessa cooperou.

—Ah, é. Eu tinha esquecido. — Ela virou-se para Judd, que parecia desanimado. — Talvez vocês dois devessem ficar aqui e...

— Ficar de olho na picape? — concluiu Shannon.

— Ótima ideia — disse Tessa.

***

Lá do alto, o céu era um domo azul-escuro. Tessa fotografou o mais rápido que pôde. Cada segundo apresentava centenas de opções, mas ela não tinha como clicar ainda mais. O piloto, Jack, não percebeu quando ela desafivelou o cinto de segurança e se apoiou nas pernas de Skylar para poder tirar fotos do outro lado também.

— Ih! — exclamou Tessa. — Não trouxe minha teleobjetiva!

À distância, a queima de fogos anual de Atlantic City acabara de começar. As listras luminosas disparavam de uma barca, explodiam no céu e formavam jatos de pontos coloridos que esvaeciam à medida que iam caindo no mar.

Tessa apontou para os fogos.

— Ei, Jack! Acha que podemos passar no meio dos fogos?

Jack respondeu com a arrogância de sua época de piloto militar.

— Passei três períodos no Afeganistão. Acho que dou conta de uns foguinhos de nada.

Skylar interrompeu:

— Pera aí um instante. Isso não seria um pouco... insano?

— Eu avisei a você — disse Tessa. — Faço de tudo por uma boa foto.

Cedendo, Skylar assentiu para Jack, que impulsionou o cíclico para a esquerda para que o helicóptero descesse abruptamente, fazendo Tessa sentir um frio na barriga. Enquanto eles se aproximavam dos fogos, ela sentiu as ondas de choque penetrando as janelas de *plexiglas* e atravessando o interior de seu corpo. Todos os seus sentidos estavam em polvorosa.

Quando chegaram ao centro da queima, Tessa abaixou a câmera e pôs os braços de Skylar ao redor de seu tronco, cruzando-os na altura de seu coração. Os fogos explodiam ao redor deles, ricocheteando na cabine do helicóptero como um enxame de insetos reluzentes.

Skylar encostou o queixo no ombro de Tessa e pressionou a lateral do rosto no dela. Tessa sentiu sua barba por fazer na bochecha dela e o cheiro do mar nos seus cabelos.

Ela se virou e seus lábios encontraram os de Skylar. O gosto de sua boca estava levemente doce. Ela não sabia mais distinguir os fogos de artifício lá de fora daqueles em seu coração. O momento foi tão incrivelmente perfeito que Tessa disse sem pensar:

— Você está quase me fazendo acreditar em finais felizes.

cinquenta dias antes

Desde o dia em que Tessa convenceu Mel a deixá-la transformar o sótão em uma câmara escura, ninguém podia entrar lá, nem mesmo Shannon. Era seu espaço mais do que sagrado, mais íntimo do que seu quarto, do que seu armário no colégio e até mesmo do que o diário em que ela escrevia seus pensamentos de vez em quando. Para deixar sua opinião bem clara, Tessa pendurou no alçapão um aviso escrito à mão que dizia: SE FOSSE VOCÊ, EU DARIA MEIA-VOLTA.

Entretanto, após dois meses namorando Skylar, não podia mais impedi-lo de entrar. Ele não tinha sido desagradável em relação ao seu desejo de ver a câmara, ele não era assim. Mas deixara *bem* claro, inúmeras vezes, que queria ver o ambiente de trabalho dela e, ainda mais importante, *que queria ver as fotografias dela.*

— Como posso saber quem você é, se não quer me mostrar a coisa que mais ama?

Na volta para casa depois do passeio de helicóptero, Skylar mencionou casualmente que adoraria vê-la revelar as fotos que acabara de tirar. Tessa, ainda inebriada do voo, surpreendeu a si mesma ao dizer sim.

Na sexta-feira seguinte, quando seu trabalho acabou, Skylar apareceu na casa dela. Ela beijou-o ainda na porta e tirou a areia de seu cabelo. Então o levou até o sótão.

— Não acredito que finalmente vai me deixar entrar no seu espaço sagrado — disse ele, entusiasmado.

— Se contar para alguém, eu nego até a morte. E te enveneno.

Tessa passou a hora seguinte mostrando a Skylar todo o processo para revelar um rolo de filme, começando pelos negativos, depois mostrando o ampliador, os produtos químicos usados e, por fim, pendurando as fotos em um varal para que secassem.

Skylar ficou em silêncio durante todo o processo e fez apenas algumas poucas perguntas. Ele parecia muito mais interessado nas fotos de Tessa, que estavam por toda parte, empilhadas no chão, presas em quadros de avisos e balançando em cordões que ziguezagueavam pelo sótão como fios de alta tensão. Em um dado momento, enquanto Tessa revelava uma foto do piloto do helicóptero, percebeu que Skylar não estava mais ao seu lado. Ele tinha se afastado e encontrado o portfólio dela, que estava folheando.

Nem mesmo o sr. Duffy sabia que Tessa reunira em segredo uma coleção de suas melhores fotos. A verdade era que ela tinha feito aquilo não devido à pressão do professor, mas por Skylar. Ele ia estudar na Brown, uma universidade da Ivy League. Como Tessa poderia esperar que a respeitasse se ela não tinha ambições nem planos para o futuro? No mínimo, devia fazer algumas coisas para Skylar não pensar que ela era uma fracassada. Então passara o último mês selecionando suas fotografias, juntando as melhores em um álbum de couro que Vickie lhe dera no último Natal.

— Achei que eu tivesse dito para não tocar em nada — disse Tessa, com rispidez.

— Se não quer que eu veja, por que deixou aqui fora?

— Tem razão.

Ela assentiu com a cabeça para que ele continuasse.

Ele virou as páginas, estudando cuidadosamente cada imagem. Havia fotos de cada cantinho da ilha que ela chamava de lar. A praia. A baía. As ruas da cidade. E, é claro, várias fotos do interior do Hotel Empíreo, incluindo um close das palavras VOCÊ ESTÁ ENTRANDO NO TERRITÓRIO DO AMOR. Havia até mesmo uma foto de Skylar, cruzando a linha de chegada no dia em que ele e Tessa se reencontraram.

Quando Skylar viu a foto da torre de celular, Tessa antecipou sua confusão.

— É uma...

— Torre de celular — concluiu Skylar. — É uma metáfora, não é? Enquanto vivemos nossas vidas, a tecnologia coopta nossos símbolos mais valiosos. Até mesmo a natureza.

Tessa sentiu uma veneração repentina pelo garoto parado em sua frente. Era como se alguém tivesse entregado a ele o manual de instruções da mente dela. Ele apenas... entendia. Ela ficou na ponta dos pés e beijou o rosto de Skylar.

— Por que esse beijo? — perguntou ele.

— Porque você se expressou bem melhor do que eu.

Ela tirou a fotografia do álbum e a entregou para ele.

— Quero que fique com ela.

— Sério?

— Sério.

Ele pegou a foto, parecendo entender o quanto aquele gesto era importante.

— Tess, sei que odeia elogios, mas, falando sério, este trabalho aqui... o *seu* trabalho... é inacreditável. É como se... como se você enxergasse coisas que ninguém mais enxerga.

— Isso mostra o quanto você entende de fotografia — respondeu ela.

— Ei, mas é sério. Você poderia vender essas fotos.

— Talvez numa plataforma de e-commerce como o Etsy.

Tessa viu a frustração aparecer nos olhos de Skylar. Era a mesma expressão que todos faziam quando ela recusava elogios. Como ela poderia fazê-lo compreender a contradição que havia em seu coração? Que ela estava louca para ter a aprovação dele, mas se odiava por desejá-la, pois isso significava uma necessidade emocional que tinha medo de reconhecer?

— Não sei por que você sempre se põe para baixo — disse ele. — Se nem você mesma se apoia, quem é que vai te apoiar?

— Você — respondeu Tessa, com um sorrisinho.

Skylar segurou o rosto dela, beijando-a. Tessa puxou-o para perto, guiando sua mão para debaixo da camisa dela. À medida que o beijo foi ficando mais intenso e a mão dele deslizava pelas curvas do seio dela, Tessa foi sentindo algo completamente desconhecido... ela se sentiu bonita. O impulso de esconder o próprio corpo sumira. Naquele momento, se Skylar quisesse desabotoar a calça jeans dela, Tessa permitiria. Fazia todo o sentido do mundo perder a virgindade no chão do seu espaço sagrado.

Todavia, Skylar a surpreendeu ao recuar. Em seu rosto havia a expressão de alguém que se deparara com algum segredo antigo.

—Acabei de perceber uma coisa — afirmou ele. — Tem algo que não vi em nenhuma das suas fotos.

Tessa suspirou.

— Ah, já sei. Não tem nenhuma cor.

— Não — respondeu ele. — *Você*.

— Eu?

— Isso. A não ser que eu não tenha visto, não tem nenhum autorretrato seu aqui dentro.

— Pois é. O mundo está mesmo precisando de mais uma selfie — disse Tessa, com sarcasmo. — A fotógrafa deve apontar a lente para fora, para o mundo, para poder esmiuçá-lo e entendê-lo.

— Qual o problema de tentar esmiuçar e entender você mesma?

Tessa pensou na pergunta de Skylar. Ela só poderia responder com sinceridade se lhe contasse tudo. Seria o equivalente a soltar uma bomba nuclear no relacionamento dos dois. Mas Skylar tinha o direito de saber.

— Vamos dar uma volta — disse ela.

O ar lá fora estava úmido e impregnado do cheiro da água da baía. Skylar segurou a mão de Tessa enquanto eles caminhavam pelas ruas de Margate, passando por poças da luz âmbar dos postes que pontilhavam as calçadas da cidade.

Assim que saíram, Tessa repensou sua decisão. Revelar os detalhes de sua infância provavelmente mudaria tudo, e não para o melhor. Sim, talvez Skylar fosse *fingir* ser compreensivo. Mas depois seu comportamento mudaria. Ele a enxergaria de outra maneira, a trataria de outra maneira. Ela se ressentiria com ele e ficaria agressiva. Depois seria apenas uma questão de tempo antes que o namoro desse totalmente errado.

— Nunca conheci meu pai verdadeiro — começou Tessa. — Ele foi embora antes do meu nascimento. E minha mãe... nossa, minha mãe... a palavra mais gentil para descrevê-la seria... instável.

— Era tão ruim assim? — perguntou Skylar.

— Vou dizer apenas o seguinte: quando eu era pequena, em vez de contar carneirinhos para dormir, eu contava os noivos dela.

— E Mel foi um deles?

— Mel foi o último. A vítima derradeira antes que minha mãe sumisse de vez.

— Então ela nunca mais falou com você?

Tessa balançou a cabeça.

— Não mandou nem um cartão-postal. Pelo que sei, pode até ter morrido.

— E foi então que Mel levou você para a casa dele?

— Não, foi quando ele *tentou* me levar para a casa dele. Mas a legislação exigia que eu fosse morar com algum parente, então fui morar com minha avó Pat. Infelizmente, ela já estava muito doente. Eu só tinha dez anos, mas ajudei a cuidar dela. Um dia, entrei no seu quarto com seu café, e os olhos dela estavam arregalados, parados. Ela morreu dormindo.

— Que merda, Tessa. Sinto muito.

— Eu me lembro de me sentar lá, ao lado do corpo dela... e sei que vai parecer cruel, mas... não liguei para a morte dela. Eu estava preocupada demais pensando em para onde iria. Eu não tinha mais nenhuma família.

A voz de Tessa começou a ficar abalada, mas ela conteve a vontade de chorar. Não queria cair em prantos na frente dele, pois isso só pioraria o que ainda tinha a dizer.

— Foi mais ou menos nessa época — prosseguiu — que Mel foi ao tribunal outra vez. Mas o juiz desconfiou de um solteirão de meia-idade querendo adotar uma garotinha.

— Pera aí. Eles temiam que Mel fosse um esquisitão? *Mel*? Tessa riu.

— Hilário, né? Mel é, tipo, o cara menos sexual do universo. Ele nem sobe para o primeiro andar quando estou tomando banho.

— Então tá. Se você não foi morar com Mel, para onde foi? Tessa preparou-se.

— Para o serviço de acolhimento.

Ela percebeu que Skylar não sabia direito o que aquilo significava. A verdade é que a maioria das pessoas não sabia.

— *Serviço de acolhimento* é um eufemismo — explicou ela.

— Para o quê?

— Para lar temporário.

A expressão de Skylar não mudou. Ele parecia estar assimilando tudo sem julgar. E assim Tessa se sentiu segura o bastante para continuar.

— Eu mudei muito de casa. Às vezes passava um ano com uma família, às vezes algumas semanas. Algumas das famílias eram razoáveis, mas a maioria era ruim. Algumas eram terríveis. Muitas vezes, o problema não eram os adultos, e, sim, as outras crianças da casa. Elas ficavam com ciúmes e eram territorialistas. E podiam machucar de verdade.

— Você quer dizer fisicamente?

— Às vezes. Mas os joguinhos psicológicos eram o que mais me abalavam... lembra que, lá na câmara escura, você disse que eu vejo coisas que ninguém mais vê?

— Lembro.

— Você não é a primeira pessoa a me dizer isso. O que

ninguém entende é que não nasci assim. Foi uma habilidade adquirida, um mecanismo de sobrevivência. Quando você mora com desconhecidos que podem machucá-la, é preciso observar tudo. É preciso observar o olhar deles quando voltam do trabalho. Eles tiveram um dia ruim? Estão com bafo de álcool? Você tem que ficar num estado de alerta constante, pronta para ajustar seu comportamento de uma hora para a outra. Quando você mora numa família de acolhimento, você aprende na marra a...

— A manter uma certa distância?

Eles se entreolharam. E houve uma troca silenciosa de palavras. Agora Skylar sabia. Agora ele sabia por que, apesar de ela estar apaixonada por ele, Tessa jamais conseguiria se aproximar tanto assim dele. Com um passado daqueles, como é que ela confiaria em alguém?

— Você passou quanto tempo em lares temporários? — perguntou Skylar.

— Cinco anos, dez meses, doze dias. Enfim, enquanto tudo isso acontecia, Mel finalmente arranjou uma esposa. E Vickie pediu que ele tentasse de novo. Vickie não tinha mais idade para ter filhos, então imagino que eu era a melhor alternativa disponível. Com uma mãe no meio da história, o juiz mudou de ideia e deixou que eu fosse morar com eles.

— É por isso que os chama de *desconhecidos genéticos*?

— É só uma brincadeirinha.

Skylar assentiu em silêncio, mas Tessa percebeu que ele queria dizer alguma coisa.

— O que foi? — perguntou ela.

— É que, Tess... isso não parece muito uma brincadeira.

— Parece o que então?

— Ingratidão.

Tessa sentiu uma pontada de raiva.

— Não é justo. Eu sou *muito* grata a eles.

— Então por que não os chama de mãe e pai?

— Vá por mim: isso é só uma besteira.

— Talvez para você. Mas às vezes... as pessoas precisam ouvir as palavras.

— Eles *não são* meus pais, Sky. Chamá-los de pai e mãe seria apenas uma mentira.

— Você chama as pessoas que a abandonaram de pai e mãe, mas não aquelas que a acolheram na casa delas e que lhe deram um lar amoroso?

Tessa afastou bruscamente sua mão de Skylar e cruzou os braços. Ela estava zangada, não porque ele estava errado, mas porque ele estava certo. Aquela era a parte mais difícil de estar com uma pessoa que tinha o seu manual de instruções: ela apontava seus defeitos.

Tessa sentiu Skylar pegar sua mão de volta. A contragosto, seu coração relaxou.

Eles passaram por um poste quebrado que zunia e tremeluzia como um estroboscópio. Skylar virou-se para ela, os olhos verdes repletos de compaixão.

— Obrigado por me contar, Tess.

trinta e nove dias antes

Skylar estava frustrado. O aplicativo com o mapa tinha travado dez minutos atrás, e agora eles estavam mesmo perdidos. Ele se virou para Tessa, sentada ao seu lado no banco do passageiro, uma cesta de piquenique entre as pernas.

— Tem certeza? — perguntou. — O GPS não está mostrando nada.

— Eu já disse. Não está em nenhum mapa. É só continuar dirigindo — respondeu ela.

Do outro lado das janelas do jipe, a floresta estava escura e densa, os contornos sombreados envoltos por nuvens de névoa. Na estrada de terra por onde eles estavam passando havia muitos galhos caídos e torrões grandes, então Skylar teve de dirigir devagar, fazendo o que podia para desviar dos perigos.

Desde seu primeiro dia em Margate, Skylar vinha reclamando que o canal da enseada era agitado demais para seus treinos. Havia manhãs em que ele nem conseguia remar, e começou a expressar sua preocupação com o fato de que chegaria fora de forma à universidade. Felizmente, Tessa conhecia a localização de um lago escondido, no meio de uma floresta situada atrás da rodovia. Era outro lugar que ela encontrara por acaso, durante um de seus passeios para fotografar. O único problema era que Tessa só tinha uma vaga ideia do local do lago. Eram quase seis da manhã, e já fazia uma hora que Skylar estava dirigindo por aquela estrada de terra. Tessa começou a achar que talvez tivesse se enganado quanto ao local.

Mas então, quando a névoa se afastou, ela viu uma clareira que lhe parecia familiar. Apontou com entusiasmo.

— Ali!

— Estou vendo — exclamou Skylar, com o humor melhorando.

O jipe emergiu de debaixo da copa das árvores. O céu ainda estava escuro e todo estrelado. Skylar parou o carro e olhou pelo para-brisa. Embora a névoa estivesse mais fina ali, ainda não dava para ver o lago inteiro, apenas as margens.

— Vamos — disse Tessa.

Skylar saiu do jipe e foi atrás dela, atravessando uma área coberta de areia. Eles pararam na beira do lago e observaram os arredores. O lago tinhas vários quilômetros de extensão, sua superfície vítrea parada e convidativa. Havia libélulas aglomeradas pairando sobre a água, rodopiando em círculos no ar, com seus reflexos logo abaixo.

Tessa notou a maneira como Skylar estava olhando a água. Era como um escultor analisando um pedaço de granito puro, vendo seu potencial. Sem tirar os olhos do lago, ele sussurrou respeitosamente para não estragar a quietude.

— Quando um remador morre — disse —, se ele teve uma vida honesta e cheia de compaixão, o céu é *assim*.

— Já eu sempre imaginei que o céu é como Paris em um dia de chuva. Ruas com paralelepípedos molhados, neblina no ar.

— E tudo preto e branco? — brincou Skylar.

— Sai da minha cabeça.

— Você já esteve lá? Em Paris?

— Um dia eu vou.

— *Avec moi?*

Tessa deu um sorrisinho.

— Seria bom ter um tradutor por perto.

— Sabia que meus pais foram para lá na lua de mel? Estou juntando dinheiro para eles voltarem quando completarem vinte e cinco anos de casamento.

Tessa sentiu vontade de dizer alguma coisa.

— Sky? E se eles não quiserem ir a Paris?

— Quem é que não ia querer ir a Paris?

— Quero dizer, e se eles não quiserem ir *juntos*? Não é crime deixar de amar outra pessoa, sabia?

Ele se virou para ela, com um ar desafiador.

— O amor nunca morre, Tessa.

Tessa percebeu que a crença no amor verdadeiro ofuscava tanto Skylar que ele nem conseguia *enxergar* outra alternativa. Na cabeça dele, somente os finais felizes eram permitidos.

— Você não gosta de desapegar das coisas, não é mesmo? — perguntou ela.

Skylar sorriu.

— Você reparou? — Ele gesticulou para o jipe. — Pode me ajudar com meu barco?

Tessa acompanhou-o até o carro. Ele tirou a lona de cima do teto do veículo. No rack, ela viu um barco de madeira com dois pares de remos. Não era o barco de sempre de Skylar. Era muito mais longo e largo.

— O que é isso? — perguntou Tessa.

— Um barco a remo para duas pessoas.

— Vai mais alguém?

— Sim. *Você*.

Tessa abriu a boca horrorizada.

— O quê? Não, quero só ficar sentada aqui e tirar fotos.

— Ei, você me mostrou o que ama fazer na sua câmara escura. Agora precisa deixar que eu te mostre o que eu amo fazer.

Como Tessa poderia dizer não?

Era muita coisa para lembrar, era novidade demais. "Gire as pás", "mantenha os joelhos unidos", "ombros para baixo", "use as pernas, não os braços". E também havia os termos esquisitos que ela nunca tinha ouvido antes: *ataque, propulsão* e *recuperação*. Apesar da aflição dela, Skylar teve a paciência de um santo. Ele instruiu Tessa de seu lugar atrás dela, oferecendo ajustes para ajudá-la a encontrar o ritmo.

Tessa não sabia se pegaria o jeito. Porém, houve um momento fugaz em que ela e Skylar remaram no mesmo ritmo, e ela sentiu como seria estar sintonizada com outro ser humano. De certa maneira, a experiência a fez entender Skylar mais a fundo. Ele era uma pessoa, percebeu ela, que amava se conectar com os outros, que até mesmo precisava disso. Isso explicava muito a respeito de quem ele era.

No fim da manhã, a névoa tinha se dissipado e Tessa estava com fome, então eles voltaram para a margem do lago para almoçar. Encontraram uma pequena área com areia, e Skylar abriu um cobertor velho de lã em cima dela. Tessa tinha levado alguns sanduíches e um pacote de batata chips. Após comerem, cochilaram nos braços um do outro até o sol passar da copa das árvores. Tessa acordou com a voz de Skylar recitando um poema para ela:

— "Sei que sou apenas o verão para o seu coração, e não todas as quatro estações do ano...".

— É Millay? — perguntou Tessa.

Ele acariciou o rosto dela.

— Você sempre entende minhas referências.

Tessa percebeu que o poema falava de um amor de verão... que acabava.

—Anime-se — disse ela. —Ainda temos tempo de sobra.

— Não tanto quanto eu imaginava — respondeu ele, com tristeza. — Meu técnico pediu que todos os remadores calouros chegassem uma semana antes para treinar.

—Ah.

— Talvez a gente devesse conversar sobre o futuro, não?

A pergunta fez Tessa se sentir estranhamente defensiva.

— Eu estava achando que você ia se mudar para a universidade, se dedicar ao remo e conhecer outra pessoa.

Skylar fechou a cara.

— Tá falando sério?

— Bem... o que mais a gente pode fazer? Você vai estar lá e eu vou continuar aqui.

— Só por um ano. Depois podemos ficar juntos de novo.

— Como?

— Inscreva-se na RISD.

— O quê?

— Shannon disse que seu professor de arte tem contatos lá.

—Argh! Ela é tão linguaruda.

— É a melhor escola de artes do país. E fica em Providence, a mesma cidade da Brown. Se você fosse aprovada, poderíamos ficar juntos. Pra valer. Sem prazo de validade.

— Mesmo que eu fosse aprovada, o que já é improvável, minha família não tem condições de pagar.

— Com seu talento, você poderia conseguir uma bolsa de estudos — insistiu Skylar.

— Por que não podemos nos contentar com o que temos?
Skylar se sentou, de olhos arregalados e ternos.

— Porque eu te amo, Tess.

Não.

Ele não tinha dito mesmo isso, tinha?

Que tivesse sido um engano, por favor.

Tessa sentiu uma raiva repentina. Era como se ela quisesse descontá-la em Skylar, pular em cima dele, bater nele com os punhos cerrados. Por que ele precisava complicar as coisas dizendo que a amava? Ele não sabia que ela *morria de medo* de ouvir essas palavras? Que fazia tempo que aceitara que não merecia ser amada, e que ninguém, nem mesmo Skylar, seria capaz de fazê-la mudar de ideia a esse respeito?

De repente Tessa percebeu por que contara a Skylar sobre seu passado. Não era para que ele ficasse mais próximo dela. Era para *afastá-lo*. A realidade do passado de Tessa devia ter funcionado como um polo magnético que repelisse Skylar. No entanto, o plano fracassara, pois agora ele não estava apenas pensando no futuro dos dois, ele tinha usado as três palavras que exigiam uma resposta.

O ribombar distante de um trovão trouxe Tessa de volta ao lago. Skylar a estava encarando, ainda esperando que ela dissesse que também o amava. Porém, ela não conseguiu dizer as palavras. Dizê-las seria correr o risco de pôr seu coração nas mãos de outra pessoa, algo que ela prometera nunca mais fazer.

— É melhor a gente ir — disse Skylar, com a voz sem emoção nenhuma.

Ela nunca o ouvira falar assim. Ele estava envergonhado e magoado.

Skylar levantou-se e começou a prender o barco no teto do carro. Começou a garoar. Tessa se levantou e o observou, pensando em como um único momento ruim era capaz de desfazer uma centena de momentos bons.

Ela sentiu uma certa agitação dentro de si. No começo era algo indefinido, mas logo compreendeu: era a necessidade de fazer Skylar entender que, apesar de não conseguir dizer as palavras, ela de fato o amava, mais do que qualquer outra coisa ou pessoa.

Ela tocou nas costas dele, mas Skylar não se virou.

— Por favor, seja paciente — disse. — Eu chego lá. Prometo.

Tessa segurou seus ombros e o virou. Ela viu lágrimas escorrendo pelas bochechas dele. O coração dela congelou. Ela o magoara mais do que imaginava. Ainda assim, a vulnerabilidade de Skylar despertou algo dentro dela, algo físico. Tomada pelo desejo, Tessa pressionou seus lábios nos dele com avidez, tentando expressar em silêncio as três palavrinhas que não conseguia dizer.

Skylar pareceu se surpreender com a força do beijo. No entanto, ele reagiu com rapidez, envolvendo os braços nas costas de Tessa, erguendo-a do chão. Ela levantou as pernas e as enroscou na cintura dele.

Skylar deitou Tessa na beira do lago. Ela sentiu a areia nas suas costas se ajustar às curvas de seu corpo, como se a terra estivesse abrindo caminho para eles.

E então havia apenas os olhos verdes de Skylar, cravados nos seus, assegurando-lhe que tudo ficaria bem.

trinta e seis dias depois

Faltam quatro dias.

Foi somente quando Shannon acendeu o incenso que Tessa percebeu que sua melhor amiga tinha surtado de vez.

— Uma sessão espírita? — perguntou Tessa. — *Aqui dentro?*

Shannon não respondeu. Estava concentrada demais na transformação do seu quarto em um ambiente psíquico. Ela já tinha acendido dezenas de velas pequenas, colocado fileiras de cristais no peitoril das janelas e pendurado amuletos *wicca* em ganchos que pusera no teto. E, obviamente, havia incenso. Shannon colocara pequenos cones em vários incensários de latão, de onde o forte aroma do patchouli saía para se espalhar no ar. Ao menos Shannon não estava aspergindo água benta. Não ainda, pelo menos.

O *cocker spaniel* de Shannon, Waffles, estava chorando e arranhando a porta. Estava louco para escapar da fumaça. Tessa ficou com pena do cachorro e o soltou, depois fechou a porta e a trancou de novo.

— Por que a gente não vai atrás de um médium? — questionou Tessa. — Alguém que seja especialista de verdade em comunicação com os mortos?

Shannon balançou a mão com desdém.

— Eles são um bando de malucos. Além disso, Skylar não precisou de nenhum médium para visitar você das outras vezes.

Tessa notou uma pilha de livros sobre *new age* na escrivaninha. Os títulos eram ridículos, como: *Um olá dos céus*, *nós não morremos*, e *Aproveite seu próprio velório*.

Tessa deu uma risadinha.

— *Aproveite seu próprio velório*?

— Um clássico da área de metafísica-paranormalidade.

— Você leu?

— Claro. Li todos eles.

— Você leu *todos* estes livros? Em *uma* noite?

— Gata, meu superpoder é a leitura dinâmica.

Tessa sentiu um quentinho no coração ao reparar que, graças ao incidente no ginásio, sua melhor amiga estava com ela nessa missão.

Shannon desligou a luz, e o quarto ficou escuro. As duas se sentaram no carpete, de pernas cruzadas, os joelhos encostando um no outro. Shannon segurou as mãos de Tessa e fechou os olhos. Então começou a falar com um tom de voz sério que era atípico para Shannon.

— Iniciamos esta invocação pedindo ao Arcanjo Miguel que nos projeta dos espíritos malignos que podem estar procurando uma entrada para a esfera terrestre.

Tessa ficou tão impressionada que disse de repente:

— Você que escreveu isso?

Shannon abriu os olhos, irritada.

— Você está interrompendo minha invocação.

— Ah, tá. Foi mal.

Após terminar a invocação, Shannon se esticou para debaixo da cama, pegou um grande bloco de anotações e o equilibrou nos joelhos. Em cima do bloco, pôs um pedaço de madeira em formato de coração com algumas letras na superfície. Tessa não tinha certeza, mas parecia ser sânscrito ou talvez árabe.

— É um tabuleiro *ouija*? — perguntou.

Shannon revirou os olhos, como uma professora que tinha acabado de ouvir uma pergunta idiota de uma aluna.

— Que nada. É uma *planchette*. Tem um lápis na base. Nós fazemos as perguntas, e o espírito de Skylar se comunica conosco movendo nossas mãos para escrever mensagens, como ele fez ontem no ginásio.

Ela tinha que admitir: Shannon pensara mesmo em tudo.

— Agora vamos lá — ordenou Shannon. — Dedos na madeira.

Tessa encostou as pontas dos dedos na prancheta de madeira. Olhou para a amiga, cujas pálpebras estavam fechadas outra vez.

Shannon inclinou a cabeça para trás e falou para o ar:

— Skylar? Estou sentada aqui com um corpo mortal conhecido como Tessa Jacobs. Ela deseja se comunicar com você. Está nos escutando?

Quase na mesma hora, Tessa sentiu a prancheta se mover sob seus dedos.

— Ela se mexeu! — exclamou.

— Desculpe — disse Shannon. — Fui eu.

Tessa suspirou, perdendo o entusiasmo. Encostou os dedos na prancheta outra vez.

AINDA ESTOU AQUI 177

— Skylar? Você está aqui? Se estiver, pode nos dizer por que está se comunicando com Tessa?

A prancheta continuou parada.

— Talvez ele precise ouvir a *minha* voz, não? — disse Tessa.

— Boa.

Ela olhou para o ar, a garganta apertando de emoção.

— Sky? É a Tess... está me escutando? Pode me dizer o que você quer?

Ela olhou para baixo, mas a prancheta não se moveu nem um pouco.

Após meia hora de uma conversa unilateral, Tessa estava preparada para desistir. Shannon, contudo, não desanimava com facilidade.

Ela mandou Tessa se sentar em um banco e olhar para um espelho pendurado na porta do closet.

— Isso é o que se chama de perscrutar — explicou Shannon. — O falecido usa o espelho como uma passagem para o mundo dos vivos. Tudo o que precisa fazer é olhar no espelho como se estivesse em transe.

Em transe? Tessa não sabia muito bem o que isso significava, então improvisou. Passou a próxima meia hora encarando o próprio rosto, contando a respiração, inspirando pela boca, expirando pelo nariz... *inspira... expira... inspira... expira...*

Tessa estava começando a se sentir zonza. No entanto, pior do que isso era a aparência de seu rosto. Ela sabia que não comer e não dormir a estavam prejudicando. Mas ali, na frente do espelho, era impossível não se assustar com o reflexo inexpressivo que a mirava. *Para onde é que eu fui? Estou mesmo tão pálida assim, com tanta cara de doente?* Se era para Skylar aparecer por trás do espelho, que fosse agora, antes que ela começasse a se odiar. Infelizmente, ele não apareceu.

Porém, Shannon ainda não queria desistir. Ela teve mais uma ideia. Levou Tessa para a sala de estar no térreo e a sentou na frente da imensa TV de tela plana da família. Shannon a ligou e sintonizou um canal com estática.

— Isso é chamado de transcomunicação instrumental — disse. — Skylar pode usar a tela da TV como uma ponte para o nosso mundo.

Não era fácil ficar encarando a estática. Tessa começou a alucinar. Viu coisas amorfas e tentáculos luminosos e pulsantes. Houve um breve momento em que achou ter visto a silhueta bem discreta de um rosto, mas logo a imagem se mesclou à estática dançante, azul e branca. Por mais que Tessa olhasse, não conseguia ver Skylar. A ponte entre o mundo dos dois, ao que tudo indicava, estava fechada para manutenção.

Tessa se deitou de costas. Shannon se deixou cair ao lado dela. Elas ficaram lado a lado no carpete, frustradas.

— Talvez... — disse Shannon —, eu devesse ter lido mais livros.

— Shan, só o fato de você acreditar em mim já é *tão* importante.

De repente, um pensamento brotou na cabeça de Tessa. Algo que ela sentira inconscientemente todas as vezes que o espírito de Skylar a contactara. Mas foi somente agora, em um estado de exaustão mental, que percebeu com mais clareza.

— Acho que não faz muito sentido — disse Tessa. — Mas, toda vez que senti a presença de Skylar, foi como se aquilo estivesse... o exaurindo de alguma maneira. Como se ele precisasse se esforçar muito para estar aqui.

Shannon ergueu-se com rapidez, o rosto entusiasmado e cheio de vida.

— Fique aí — pediu, depois subiu a escada e foi até seu quarto.

Momentos depois, ela voltou carregando um dos livros que tinha lido. Folheou as páginas até encontrar um certo trecho.

— Escute só — anunciou. — "Os pesquisadores da vida após a morte acreditam que nossos entes queridos que faleceram se encontram em um plano espiritual que tem uma frequência vibratória diferente da nossa. Para acessar o mundo físico, esses espíritos precisam diminuir a frequência vibratória, o que requer uma quantidade imensa de energia. É por isso que, muitas vezes, a comunicação com os mortos parece rápida e incompleta."

As duas foram tomadas pelo entusiasmo.

— E se — disse Shannon — ele não puder nos visitar porque...

— Está sem energia?

— Isso! Como se ele estivesse quase sem bateria no celular. Então ele precisa voltar ao bardo para recarregar.

Agora tudo fazia sentido. O intervalo entre cada interação com Skylar tinha sido considerável. E isso devia significar que ele não podia simplesmente aparecer quando queria. Ele precisava conservar sua energia e escolher o momento perfeito para atravessar o limite entre aqui e o além.

— Vamos ter que tentar de novo — disse Shannon. — Depois que ele tiver recarregado.

Tessa sentiu uma pontada de pânico.

— Shan, só temos quatro dias antes de ele partir para sempre.

— Ei, ele vai dar um jeito. Ele não gosta de desapegar das coisas, lembra?

É claro que ela lembrava. Era uma das características

mais enternecedoras, e irritantes, de Skylar. Quando ele decidia fazer alguma coisa, se recusava a desistir, mesmo que isso significasse convencer uma garota insegura de que ela era talentosa.

Ping!

Era o celular de Tessa. Uma mensagem de Vickie.

— Merda — disse, percebendo que já era tarde. — Esqueci que Vickie vai trabalhar hoje à noite. Preciso levar o carro dela de volta o mais rápido possível.

Tessa parou na frente de casa e desligou o motor. Olhou para o primeiro andar e viu Vickie espiando da janela do quarto, parecendo atipicamente irritada. Vickie tinha uma paciência gigante com as variações de humor de Tessa e com as besteiras que ela fazia. Mas com atrasos, especialmente quando envolvia o trabalho dela, era outra história. Vickie levava a sério seu trabalho no cassino e receberia menos se chegasse atrasada. Tessa esperava que, dada a pressa, ela não fosse ter tempo de lhe dar uma bronca.

A garota saiu do carro e bateu a porta. Seguiu pelo caminho de tijolos que levava à porta da frente, mas, quando sua mão pegou na maçaneta, ela ouviu algo atrás de si. Parecia uma voz.

Ela se virou, achando que devia ser algum vizinho a chamando. Mas não havia ninguém. A rua estava silenciosa e sinistramente deserta.

— Oi? — disse Tessa. — Tem alguém aí?

Ela ouviu de novo. Uma voz. Abafada e indecifrável. Parecia repetir as mesmas palavras sem parar, como um disco arranhado. Tessa se virou para o caminho de novo, tentando localizar a fonte da voz... foi chegando mais perto... depois mais longe... depois mais perto outra vez. Por fim, percebeu que a voz estava vindo de dentro do carro de Vickie.

Talvez ela tivesse deixado o som ligado? Mas como o som estaria tocando música com o carro desligado?

Enquanto Tessa se aproximava do veículo, ela percebeu que havia uma luz clara cobrindo os bancos da frente. Ela tirou a chave do bolso e apertou o botão. O alarme apitou, e o carro destravou. Tessa abriu a porta e se deparou com uma voz perfeitamente nítida, era o GPS do carro. A entoação fria e computadorizada repetia as mesmas palavras sem parar:

— A rota está sendo calculada...

— A rota está sendo calculada...

Não fazia sentido. Como o GPS poderia estar funcionando se o carro nem estava ligado? Tessa se sentou no banco do motorista e olhou a tela reluzente do GPS. Viu nela o mapa do seu bairro. O ícone minúsculo de um carro indicava sua posição atual. De repente, piscou e uma grande seta apareceu.

— Por favor, siga a rota...

— Por favor, siga a rota...

Poderia ser ele? Será que Skylar estava querendo que ela fosse para algum lugar?

— Por favor, siga a rota...

— Por favor, siga a rota...

Tessa viu a porta de casa se abrir. Ela conseguiu ver Vickie atrás da porta de tela, vestindo o casaco.

Tessa sabia que era errado. Ela sabia que enfrentaria um inferno depois, mas ligou o carro mesmo assim. Enquanto Vickie saía de casa, Tessa engatou a ré e pisou forte no pedal.

Os pneus cantaram e fumegaram enquanto o carro saía em disparada da frente da casa.

No começo, Vickie pareceu perplexa. Porém, ao ver Tessa acelerando na rua, ela correu atrás dela.

— Tessa! Para onde você vai?

Pelo retrovisor, a garota viu a distância entre ela e a casa aumentar. Vickie finalmente parou de correr e jogou os braços para o alto, exasperada. Tessa sentiu uma pontada de culpa. Skylar tinha razão. Vickie não merecia aquilo.

Quando Tessa parou na placa de pare no fim da rua, o GPS falou de novo:

— Vire à direita na Douglas Avenue... por favor, vire à direita...

Tessa obedeceu, girou o volante e observou os faróis do carro acompanharem o movimento na calçada. Mais à frente, ela viu a casa do avô de Skylar, com os aspersores irrigando o gramado. Será que o destino era aquele? O lugar para onde Skylar a estava levando?

Pelo jeito, não. O GPS continuou em silêncio quando Tessa passou pela casa e seguiu pela Douglas Avenue.

Ela se sobressaltou com algo tocando. Era seu celular, que estava conectado ao bluetooth do carro. Na tela, Tessa viu que o mapa da rua tinha sido substituído pela palavra Vickie. Tessa rejeitou a ligação, depois desligou o celular para que não houvesse outra interrupção.

Ela virou na Ventnor Avenue. Mais à frente, viu uma fileira infinita de semáforos pendurados na rua, mudando em uníssono do verde para o amarelo para o vermelho. O GPS falou de novo, sua voz inexpressiva:

— Por favor, siga na avenida por mais cinco quilômetros...

Cinco quilômetros? Tessa olhou a tela e viu uma seta apontando para a frente, na direção do centro de Atlantic

City. Ora, se era para lá que Skylar queria que ela fosse, era para lá que ela iria.

Durante os próximos vinte minutos, Tessa seguiu as instruções do GPS, ziguezagueando na frente das fachadas dilapidadas de ruas cada vez mais escuras. Enquanto se aproximava do centro, ela foi vendo grupos de rapazes na frente de mercadinhos, tomando bebidas alcóolicas dentro de sacos de papel pardo, encarando Tessa quando passava. Ela não estava mais em um bairro seguro, e seu batimento cardíaco acelerou. Felizmente, não sentiu nenhuma dor. Parecia que seu coração finalmente conseguia encarar um estressezinho.

Ela virou em uma rua residencial, com casas dos dois lados. Algumas já estavam decoradas para o Halloween, mas, em sua maioria, elas pareciam idênticas umas às outras.

— Você chegou ao seu destino.

Tessa estacionou na frente de uma casa inexpressiva. Pela janela da sala de estar, viu duas pessoas em um sofá, os rostos pulsando com a luz azulada da TV.

Aquilo estava certo? Por que Skylar a enviaria para uma casa que ela nunca tinha visto, com pessoas que ela não conhecia? O que ele esperava que ela fizesse? Tocar a campainha e dizer: *Oiê, foi mal pelo incômodo, mas o espírito do meu namorado morto pediu para eu vir até aqui!*

Aquele pensamento fez o coração de Tessa bater absurdamente rápido. Porém, algo dentro dela a fez seguir em frente. Se não batesse àquela porta, passaria o resto da vida pensando no que teria acontecido. E arrependimento era bem pior do que vergonha.

Tessa saiu do carro e foi para o caminho de concreto que levava à porta da frente. Foi somente depois de alguns passos que aconteceu. Uma pontada de dor insuportável e aguda no centro do seu peito. Como se uma lâmina afiadíssima se inserisse no músculo e na cartilagem, repetidas vezes. Foi a maior dor que ela já tinha sentido, um onze numa escala de zero a dez.

Ela tentou respirar fundo, mas seus pulmões não quiseram se encher de ar. O mundo ao seu redor estava girando, seus sentidos estavam sobrecarregados. Tessa cambaleou para a frente e jogou os braços ao redor do tronco de uma árvore velha. Abraçou o tronco frio, tentando ficar em pé. Ela sabia que precisava se concentrar em algo que não fosse a dor... algo que fosse acalmar seu coração...

Pensou em Skylar. Ele estava no posto salva-vidas, sem camisa, um apito prateado pendurado em seu pescoço bronzeado. Às vezes, em seus dias de folga, Tessa visitava a praia e o espiava de longe. Era seu segredinho. Ela nunca contara para ele nem para ninguém. Ela o observava correndo para o mar para salvar criancinhas ou conversando com garotas bonitas que davam em cima dele inutilmente. E o tempo todo Tessa pensava: *ele é meu*. Naqueles dias, Tessa nem precisava falar com Skylar. Só saber que ele existia já bastava.

As belas lembranças do verão tranquilizaram seu coração. Sua respiração voltou a ficar controlada e regular. A dor passou.

Tessa se recompôs, enxugou o suor da testa com a manga. Por um breve segundo, pensou em chamar uma ambulância, assim como o dr. Nagash a instruíra. Porém, ela já tinha chegado até ali. Se era para morrer indo atrás de Skylar, que fosse.

Ela voltou a andar pelo caminho. Suas pernas pareciam rígidas, e ela precisava se esforçar para mexê-las. Apertou a campainha, mas não a ouviu tocar dentro da casa. Tentou de novo. Mais uma vez, nada. Então ela fechou a mão e deu algumas batidinhas. Alguns segundos depois, a porta se escancarou.

Um menininho, de talvez uns dez anos, apareceu. Ele tinha cabelos curtos e olhos meigos cor de âmbar. Estava usando um pijama que parecia pequeno demais para ele.

Tessa abriu um sorriso forçado.

— Oi. Hum. Desculpe o incômodo. Meu nome é...

— Pode entrar, Tessa — disse o menino. — A gente estava te esperando.

Hã? Ela nunca tinha visto aquele menino antes. Era totalmente desconhecido. Porém, de alguma maneira, ele sabia o nome dela e sabia que ela ia chegar?

Ela acompanhou o menino pela entrada da casa, passando pela sala de estar. Havia três adultos nela, dois no sofá, e um terceiro deitado no chão com o pescoço apoiado em uma almofada. Estavam assistindo a um programa espanhol. Somente o homem do chão reagiu à presença dela, acenando a mão.

Tessa continuou andando pelo corredor e seguindo o menino enquanto passava pelas paredes com fotos emolduradas. Rostos de todas as idades a encaravam, mas nenhum lhe parecia familiar. Ao chegar ao fim do corredor, o menino bateu delicadamente a uma porta fechada e se virou para Tessa.

— *Mi abuela* está ouvindo muito uma voz — disse o menino. — A voz disse que ia trazer você até aqui.

Ele abriu a porta e Tessa entrou no quarto. Estava abafado e escuro lá dentro; a única iluminação vinha de velas votivas. O olhar de Tessa encontrou a cama. Nela havia uma mulher deitada debaixo de camadas de cobertas, de olhos fechados, o rosto coberto por uma máscara de oxigênio.

Era Doris.

Ela estava à beira da morte, conectada a este mundo por um único fio remanescente que corria o risco de romper a qualquer momento.

Tessa disse ao menino em voz baixa:

— Posso falar com ela?

— O remédio a deixa sonolenta — disse ele. — Mas pode tentar.

Ele saiu do quarto e fechou a porta atrás de si.

Tessa foi para o lado da cama. Como que sentindo uma presença, Doris abriu os olhos. Ela tirou a máscara de oxigênio do rosto e sorriu.

— Eu bem que avisei que ele não tinha partido.

Lágrimas começaram a escorrer dos olhos de Tessa. Se ainda restava alguma dúvida, agora ela tinha acabado. Skylar estava *mesmo* se comunicando com ela.

Doris começou a tossir. Era uma tosse forte, com muco e fluidos gorgolejando dentro de sua garganta. Tessa pegou uma garrafa de água na mesa de cabeceira e ergueu o canudo para os lábios de Doris. Ela engoliu um pouco do líquido e sua garganta se acalmou.

— Skylar está aqui? Agora? — perguntou Tessa.

Doris fez que sim. Tessa olhou ao redor ansiosamente, mas não viu nada que se assemelhasse a um fantasma ou aparição.

— Eu estou bem mais próxima do mundo dele do que você. É por isso que eu consigo senti-lo e você, não.

— O que ele quer? — perguntou Tessa.

— Minha ajuda — respondeu Doris. — Para unir vocês dois.

— Ele sabe como? — indagou Tessa.

— Skylar sabe tanto quanto você.

— Então como a gente vai poder se ver? Se ele está lá e eu estou... aqui?

Agora Doris parecia concentrada.

— Nas lendas antigas, muitas vezes as almas dos falecidos voltavam para o lugar onde tinham sentido mais amor. Era lá que elas conseguiam atravessar a barreira entre a vida e a morte. O amor era a chave que abria a porta. Se você e Skylar voltassem aos locais onde se sentiram mais próximos, talvez o portal entre os dois mundos se abrisse.

Com determinação, Tessa desviou a vista de Doris e olhou para cima.

— Vou chegar até você, Skylar. Vou dar um jeito, custe o que custar.

Ela devolveu a máscara de oxigênio ao rosto de Doris e acariciou o cabelo dela com ternura.

— Não precisa ter medo, Doris. Todos que você já perdeu estarão te esperando lá no túnel de luz. Vai ser o lugar mais bonito que você já viu.

O rosto da senhora se alegrou.

— Sim. Eu sei.

Mel a estava esperando. No momento em que Tessa entrou em casa, ela o viu sozinho na sala de estar, de braços cruzados. Ele não estava nada satisfeito.

— Vickie conseguiu chegar ao trabalho? — perguntou Tessa.

— Graças a você, não — disse Mel, com rispidez.

— Escute, Mel, me desculpe por hoje. É que...

Ele a interrompeu.

— Você já se perguntou alguma vez por que Vickie tem

trabalhado tanto ultimamente? Por que ela está trabalhando dois turnos seguidos e de madrugada?

Tessa balançou a cabeça.

— Pensei que...

— É porque ela está me ajudando a pagar suas contas do hospital.

Tessa corou de culpa. Ela não fazia ideia. Tinha sido tão consumida pelo próprio luto e pela sequência dos acontecimentos sobrenaturais que nem percebera o que estava ocorrendo com as pessoas ao seu redor.

— Tess, sei que você passou por maus bocados. Sei mais do que ninguém o tanto de coisa ruim que aconteceu com você. Mas se vai simplesmente voltar a ser a garota que era antes de conhecer Skylar, de que adiantou o último verão? De que adiantou você se apaixonar?

Mel se levantou. Ele passou por Tessa, subiu a escada e bateu a porta do quarto. A vibração fez uma foto emoldurada cair da parede e se estilhaçar no assoalho.

Ela se ajoelhou para pegá-la. Era uma foto do casamento de Mel e Vickie. Mas agora havia uma rachadura irregular em cima do sorriso dos dois.

trinta e um dias antes

Ela não estava com uma roupa adequada por culpa de Skylar. Ele não lhe avisara que eles iriam para a inauguração de uma galeria, então Tessa se vestiu casualmente com um vestido curto e sapatilhas velhas. Foi somente quando Skylar estava parando o jipe no centro de Atlantic City que Tessa percebeu que ele estava de paletó.

— Pera aí — disse Tessa. — A gente está indo para algum lugar chique?

Skylar desligou o motor.

— Relaxe. Você ficou legal com essa roupa.

— *Legal?*

— Gata. Você ficou muito, muito gata com essa roupa.

Eles andaram pela calçada de mãos dadas. Era uma área perigosa, com uma sequência de lojas vazias , a rua cheia de latas de cerveja amassadas e embalagens de lanchonetes. Mais à frente, Tessa avistou um grupo de hipsters dividindo um cigarro e tomando vinho. Eles estavam perto de um estabelecimento cuja vitrine tinha sido pintada de um vermelho vivo, impedindo os curiosos de verem o que havia dentro. A placa em cima da porta dizia: PROJETO 82 – ENTRADA PELOS FUNDOS.

Antes mesmo de eles entrarem no beco, Tessa ouviu a vibração suave da música eletrônica e o burburinho de uma multidão festiva. No fim do beco, havia uma mulher bonita com um macacão preto parada atrás de uma corda de veludo, defendendo a entrada da galeria como um soldado. Skylar parou na frente dela e, zombando da arrogância dela, abriu um sorriso bobo.

— Oiê! Meu nome é Skylar Adams. Linda colocou meu nome na lista.

Sem nem fazer contato visual, a mulher de preto deu uma olhada na prancheta e riscou o nome de Skylar com uma caneta. Então ela removeu a corda de veludo e recuou para que Skylar e Tessa pudessem entrar. Ela não olhou nos olhos dos dois em nenhum momento.

Lá dentro, Tessa se deparou com uma brancura. Paredes brancas, tetos brancos, pisos brancos. Tudo reluzia, inclusive a multidão. Cada convidado era mais bonito do que o outro. E todos estavam bem-vestidos. Os homens estavam com ternos feito sob medida e mocassins de couro; as mulheres, com vestidos de marca e scarpins assustadoramente altos.

Tessa se virou para Skylar.

—Até os *garçons* estão mais bem-vestidos do que a gente.

— Foi mal. Acho que não pensei direito nisso — disse Skylar. Ele apontou para a saída. — Vamos embora. Não quero que você se sinta constrangida.

Mas, estranhamente, Tessa não quis ir embora. Ela achava que tinha algo a ver com Skylar. Alguma coisa na presença dele sempre a fazia se sentir mais confiante, mais bonita.

— Podemos ficar — disse Tessa. — Quero ver as obras de arte.

Alguns minutos depois, segurando pratos com aperitivos, eles pararam diante de uma foto imensa de um carrinho de bebê na beira de um penhasco. Skylar aproximou-se, mais do que deveria, para examinar a imagem. Tessa o puxou para trás.

— É para *olhar*, Sky. Não é para babar em cima.

— Tem *tantos* detalhes..

— Acho que o artista passa uma camada de sulfato de bário nas fotos. Ele absorve a fibra do papel e dá uma maior variação tonal à imagem.

— Exatamente o que eu ia dizer.

— Não quer comprar para mim? Custa apenas vinte mil dólares.

— Não cabe no meu orçamento atualmente. Mas posso te oferecer um biscoito sem glúten com um queijo fedorento em cima.

Ele ergueu o prato e o levou até o nariz dela.

Achando graça, Tessa levantou o queixo, fazendo Skylar beijá-la carinhosamente. Ela sentiu uma onda familiar de entusiasmo. Desde o lago, ela e Skylar tinham aproveitado bem o tempo juntos. Quase todas as noites, depois do trabalho, eles arranjavam algum lugar calmo para fazer amor. Algumas vezes, era na câmara escura dela. Outras, era no quarto de Skylar enquanto o avô dele dormia no quarto ao lado. Uma noite, como não tinham opção, eles foram para um quarto em um hotel barato perto do mar. Lá dentro, com as cortinas esvoaçando devido à brisa de verão, eles passaram horas se explorando.

Houve vários momentos, quando os corpos dos dois estavam deitados lado a lado, que Tessa sentiu as palavras *eu amo você* querendo sair. Porém, alguma coisa ainda a impedia de dizê-las. Era como se Tessa estivesse travando uma guerra consigo mesma: uma parte dela queria se jogar de cabeça no namoro, já outra estava se escondendo atrás de uma porta, morrendo de medo da fera selvagem que tentava arrombá-la. E Tessa temia que seu silêncio magoasse Skylar mais do que tudo. Apesar da aparência de atleta durão, ela sabia que ele era sensível. Será que Skylar, um romântico incurável, toleraria um verão inteiro sem ouvir aquelas palavras? Por ora, ele escolhera não mencionar o assunto. Mas quanto tempo isso duraria?

— Desculpe, estou interrompendo alguma coisa?

Atrás deles havia uma mulher atraente de uns quarenta e poucos anos. Estava com um vestido preto de alcinha, e era óbvio que tinha passado horas na academia para ficar com braços de parar o trânsito.

— Oi, Linda. É um prazer vê-la — disse Skylar.

A mulher deu um beijo amistoso na bochecha de Skylar, deixando uma leve marca de batom no seu rosto. Ela gesticulou para a fotografia na parede com admiração.

— É maravilhosa, não é?

— Adorei a maneira como o artista priorizou a atmosfera e o ambiente, e não o sujeito — disse Tessa.

Linda pareceu se surpreender positivamente com o comentário de Tessa.

— Olha só. Foi um comentário *muito* sofisticado para uma garota da sua idade.

— Linda — disse Skylar —, esta é minha namorada muito sofisticada...

— Que tem um nome. — Tessa estendeu a mão. — Tessa Jacobs. É um prazer conhecê-la.

— Foi Linda quem colocou meu nome na lista. A galeria é dela.

— Parabéns — disse Tessa, alegremente. — As fotografias são maravilhosas.

Linda sorriu orgulhosa.

— O que mais uma mulher de quarenta e quatro anos poderia fazer com o dinheiro que ganhou no divórcio? Comprar uma casa de praia? Já tenho uma. Colocar silicone? Também já fiz isso. Mas uma galeria de arte... isso, *sim*, chama a atenção de homens ricos e solteiros.

Ela piscou para Tessa em busca de aprovação. Sem saber como reagir, a garota piscou de volta.

— Então, Tessa, seu namorado lhe contou que devo muitíssimo a ele? Ele salvou a vida da minha filha.

Tessa se virou para Skylar.

— Então foi *assim* que descolou um convite para esta festa?

— Vantagens do meu trabalho — respondeu Skylar, com um sorrisinho.

— Pareceu mais uma cena de *Baywatch* — disse Linda. — Skylar saiu nadando no meio das ondas estrondosas e pegou meu anjinho nos braços. Ele fez até respiração boca a boca nela! Ah, ali está a Bobbi.

Tessa olhou para a multidão e avistou Bobbi, que parecia ter mais ou menos a mesma idade dela. Assim como a mãe, Bobbi era alta e esguia, com uma pele perfeitamente bronzeada que reluzia sob a iluminação da galeria. Porém, eram seus lábios que ninguém conseguia ignorar. Grandes, inchados e naturalmente grossos, eram daqueles lábios irresistivelmente beijáveis.

Caraca! Skylar fez respiração boca a boca naquela top model?

Quando Bobbi percebeu sua mãe acenando, seus olhos

brilharam e ela abriu um sorriso encantador. Ela atravessou a multidão como uma estrela de cinema, mais alta do que todos com seus saltos de dez centímetros. Ela passou por Tessa e abraçou Skylar animadamente. Beijou-o no mesmo lugar em que sua mãe o beijara, deixando uma mancha de batom bem maior no rosto dele.

— Estou *tão* feliz que você veio! — exclamou Bobbi.

Prevendo nitidamente o constrangimento de Tessa, Skylar se desenroscou do abraço de Bobbi. Ele pôs o braço nas costas de Tessa e a apertou para tranquilizá-la.

— Bobbi, quero que conheça minha namorada, Tessa.

— Olá! — Bobbi cumprimentou com entusiasmo.

Após elas apertarem as mãos uma da outra, Tessa sentiu o cheiro da loção de Bobbi na sua palma. Era um aroma tropical. Logo Bobbi voltou a dar atenção a Skylar.

— Papai pediu seu endereço, Skylar. Ele quer te mandar um presentinho como agradecimento.

— Não precisa. É meu trabalho, eu sou pago pra isso.

— Ah, pare com isso — afirmou Linda. — Você salvou a vida de uma pessoa e deveria aceitar o presente. Vá por mim, ele era um marido de merda, mas dava presentes incríveis.

Que maravilha, pensou Tessa. *Agora a família toda está envolvida.* A mamãe adorava Skylar, o papai queria lhe mandar uma besteirinha, e Bobbi o fitava encantada, louca para colocar aquela boca de pato nele.

— E então... está pronta para a grande surpresa? — perguntou Linda para Tessa.

— Que surpresa?

— Ele não lhe contou?

— Skylar esqueceu de me contar muitas coisas sobre esta noite — respondeu Tessa.

— Inclusive o *dress code* — disse Bobbi, abrindo um sorriso condescendente.

Com Linda na frente, os quatro atravessaram a multidão, um rio de rostos deslumbrantes passando pelos dois lados de Tessa. Ao virarem para o lado, chegaram a outra parte da galeria, onde havia obras de arte menores à mostra. Eles pararam diante de uma fotografia em preto e branco, emoldurada e pendurada à altura dos olhos. Ela estava sendo iluminada por uma lâmpada minúscula. Tessa demorou alguns instantes para entender o que estava vendo... *era a fotografia dela*, a da torre de celular. Alguém tinha aumentado habilidosamente a opacidade da foto e a colocado em uma moldura de madeira digna de um museu. Sob a foto, em um pequeno retângulo, estavam escritos o nome completo dela (Tessa Jacobs) e seu país de origem (Estados Unidos).

— Não ficou incrível emoldurada? — perguntou Skylar, entusiasmado. — Parece combinar com a galeria.

— E combina *mesmo* — respondeu Linda. — Você tem um olhar extraordinário, Tessa. Seu futuro é promissor.

— Eu não... estou entendendo — balbuciou Tessa.

— Está à venda! — disse Skylar. — Por quinhentos dólares!

— E a melhor parte é a seguinte — acrescentou Linda —, já recebi duas propostas de compra esta noite.

— Parabéns — disse Bobbi, ainda com os olhos grudados em Skylar.

A traição a feriu profundamente. Como Skylar podia achar aquilo correto? Ela lhe dera a foto como um presente, querendo expressar seu desejo de se abrir com ele. Ela jamais imaginaria que ele simplesmente daria a foto sem nem consultá-la. Ele não a entendia? De que tinha adiantado lhe contar tudo sobre seu passado se ele não entendia sua vulnerabilidade?

— Desculpe, Linda — disse Tessa. — Mas houve um equívoco... esta foto, a *minha* foto, não está à venda. Foi um presente. Para Skylar.

— Por que não pode simplesmente imprimir outra para mim? — perguntou Skylar.

— Porque — disse Tessa — não quero que nenhuma outra pessoa a veja. — Ela se virou para Linda. — Pode tirá-la daí? *Por favor?*

O clima ficou pesado. Perplexa, Bobbi se virou para Skylar.

— Ela está falando sério?

— Sim, estou! Tire a foto daí! — gritou Tessa. — Tire agora!

O tom de sua voz silenciou o burburinho dos outros convidados. As pessoas a encararam. Deviam estar se perguntando quem era aquela maluca, a que tinha se vestido para um churrasco, e por que ela estava dando um escândalo.

Envergonhada, Tessa empurrou Skylar para o lado e abriu caminho na multidão, dirigindo-se para a saída. Ao sair do beco lateral, ela começou a correr, tentando fugir... fugir da galeria e de Skylar e da garota com lábios de desenho animado e com cheiro do Havaí.

Agora na calçada, Tessa ouviu Skylar chamá-la:

— Tessa! Pera aí!

Sem fôlego, ela se virou para ele. Estava furiosa.

— Como pôde fazer isso?

— O quê, tentar te ajudar?

— Você sabe mais do que qualquer outra pessoa o quanto sou insegura em relação às minhas fotos!

— Foi exatamente por isso que te trouxe aqui! Para provar que você não tem nenhum motivo para se sentir insegura. Suas fotografias são incríveis. Até Linda achou isso.

— Ah, mas *é óbvio* que ela diria isso! Você salvou a vida da filha dela.

— A única coisa que fiz foi pedir a opinião de Linda. Foi *ela* quem se ofereceu para vender.

— Skylar, eu dei aquela fotografia para *você* e *só para você*. Não quero que ela seja pendurada na parede de algum desconhecido.

— Só uma informação: ser artista significa compartilhar seu trabalho com os outros. Acha que o Picasso conheceu todas as pessoas que compraram seus quadros?

Tessa sentiu seu sangue subindo até o rosto.

— Eu *não sou* o Picasso! E não gosto quando fala comigo como se eu fosse uma criança. A foto é *minha*, então sou *eu* que decido com quem eu quero compartilhá-la!

Ela viu uma mudança nos olhos de Skylar. Era como se a raiva dela tivesse murchado uma flor que estava desabrochando dentro dele. Até então, ele não percebera que tinha cometido um erro. Por algum motivo, ao tentar ajudá-la, fizera o oposto.

— Peço mil desculpas — disse Skylar, com a voz arrependida. — Você tem razão. Eu devia ter lhe perguntado antes. É que... sei lá... imaginei que você se animaria. A maioria das pessoas se animaria com isso.

— Eu não sou a maioria das pessoas.

— Pois é, estou começando a perceber.

As palavras dele a feriram. Então ela também o feriu.

— Você não vai conseguir consertar tudo, Sky.

— O que quer dizer com isso?

— O casamento dos seus pais... eu... às vezes, as coisas estão quebradas e não têm mais conserto.

Skylar ficou sério.

— É por isso que não quer dizer que me ama? Porque você não tem mais conserto?

Era a volta do assunto que não era mencionado desde o lago.

— Sabe de uma coisa, Tessa? Você sempre diz que não está preparada para compartilhar suas fotos com o mundo. Mas talvez você não esteja preparada para compartilhar *você mesma*.

Enquanto voltavam de carro, não disseram nada um para o outro. Quando Skylar parou na frente da casa dela, não desligou o motor e continuou olhando para a frente. Um rombo de raiva e ansiedade corroía o interior do corpo de Tessa. Ela queria explodir. Queria gritar, chorar, dizer o quanto estava com medo; com medo do futuro dos dois, com medo de não ser boa o bastante para ele, e, acima de tudo, com medo de revelar o quanto o amava. Mas ela não disse nada disso.

Em vez disso, saiu do jipe e percorreu o caminho de tijolos. Na porta, como sempre, se virou para mostrar a Skylar que estava bem.

Mas o carro dele já tinha ido embora.

vinte e dois dias antes

No intervalo do almoço, Tessa se sentou no seu banco de sempre no calçadão. Era um dia quente de agosto, e manchas de suor se formavam em sua camiseta. À sua frente, ela observava casais, famílias e crianças brincando na praia, aproveitando as últimas semanas do verão. Todos pareciam felizes. Tessa costumava achar que a felicidade era um mito, um teatrinho caprichado que as pessoas faziam para causar inveja nos outros. Porém, naquele verão, sua atitude era outra. Ela estava *mesmo* feliz. Skylar a deixara feliz. E agora aquela felicidade tinha sido arrancada dela.

Devido ao rombo em seu interior, aquele que se abrira na noite da briga, ela estava com dificuldade para se concentrar nas coisas. Não estava com fome, mas se obrigou a dar algumas mordidas no sanduíche de atum que Vickie preparara para ela.

Desde a primeira saída dos dois, Tessa e Skylar tinham se comunicado constantemente por ligações, mensagens de texto, e-mails. Mesmo nos raros dias em que não se viam, eles terminavam a noite conversando por FaceTime. Mas agora, depois da discussão na galeria, estavam em um silêncio total.

E isso irritava Tessa. Por que ele não tinha ligado? Era *ele* quem tinha pisado na bola. Tá, ele tinha pedido desculpa, mas ainda assim Tessa sentia que ele precisava reconhecer que tinha sido presunçoso em relação à foto dela. Ele precisava ser o primeiro a ligar, porque... porque...

Será que era orgulho? Ou algo mais oculto? Algo que Tessa tinha medo de admitir? Talvez, talvez parte dela quisesse uma maneira de escapar do namoro. Afinal, se ele acabasse, ela nunca teria de dizer *eu te amo* para Skylar.

Após o intervalo do almoço, Tessa decidiu enviar uma mensagem para Skylar. Digitou algumas frases diferentes, mas terminou escolhendo uma única palavra, *oi*, seguida de um emoji de uma carinha triste. Com sua mensagem, ela queria obter uma resposta cordial dele. Mas suas horas de trabalho acabaram sem que ele tivesse respondido. E, pela primeira vez desde a briga, Tessa sentiu um medo imenso. Será que ela tinha subestimado o quanto ele estava chateado? Era seu primeiro namoro sério. Ela não tinha como compará-lo. Aquilo era o fim do namoro?

Ao voltar para casa de ônibus, Tessa sentiu seu celular vibrar no bolso. Seu coração acelerou. Talvez fosse Skylar respondendo. Não. Era apenas Mel, lembrando-a de ir buscar o jantar quando estivesse voltando. Maravilha, lá estava ela analisando as ruínas de seu primeiro namoro, e tudo que Mel conseguia fazer era lhe dizer para pedir queijo a mais em sua pizza de almôndegas.

Tessa lembrou que ela e Skylar tinham falado em ir ao Little Art Theater naquele sábado à noite. Sherman ia passar dois filmes de faroeste *spaghetti*, e Skylar comentara que gostaria de ir. Parecia uma boa desculpa para tentar falar com ele de novo. Ela digitou outra mensagem.

— **Tessa:** O cinema amanhã ainda está de pé?

Apertou *enviar* e esperou, encarando a tela...

Esperou um pouco mais...

Quando estava prestes a guardar o celular, Tessa percebeu três pontinhos piscando na tela, indicando que Skylar estava digitando uma resposta. Ela sentiu um grande alívio. Finalmente poderia tirar aquele maldito peso das costas. Eles poderiam retomar o namoro como se nada tivesse acontecido. Não, na verdade agora eles estariam mais próximos, porque tinham conseguido superar a primeira briga séria.

Seu celular vibrou na palma da mão.

Skylar: Não vai dar.

Ela sentiu um frio na barriga. Ele ainda estava zangado. Tão zangado que nem queria vê-la.

Tessa: Por quê?

Mais pontinhos. Mais espera...

Skylar: Meu pai apareceu lá em Princeton sem avisar. Foi a maior confusão.

Tá, então não era por causa *dela*. Que alívio. Porém, se o problema não era a briga, por que Skylar estava sendo tão frio?

Tessa: Puxa. Sinto muito.

Mais pontinhos. Mais espera...

Skylar: Vou para lá hoje à noite de carro para ver o que posso fazer. Eu te ligo quando voltar.

O que mais Tessa poderia dizer? Como demonstraria que queria corrigir a situação? Ela digitou três palavras.

Tessa: Estou com saudade.

Seu polegar ficou parado por cima do ícone de *enviar*.

Porém, por algum motivo, ela nunca teve coragem para apertá-lo. O orgulho tinha falado mais alto.

vinte e um dias antes

— **Pronto — disse Vickie.** — São oito horas, estou aqui como você pediu. O que foi?

Tessa estava sentada em um banco, segurando a câmera, na qual acabara de colocar filme. Por um breve segundo, sentiu sua irritação habitual ao ver Vickie em seu espaço. No entanto, naquela noite, Tessa não poderia reclamar, porque tinha sido ela quem a convidara. Tessa precisava de conselhos. Conselhos de *adulto*. De uma mulher, não de outra garota. Por isso o convite.

Vickie estava vestindo um conjunto larguinho de moletom, o cabelo preso com uma xuxinha fluorescente. Ela parecia exausta, seus olhos estavam fundos. Como era crupiê de blackjack em um dos cassinos locais, Vickie passava suas oito horas de trabalho de pé, e às vezes emendava dois turnos. Quando voltava para casa, ela era um pedaço de carne exausto que fedia a fumaça de charuto.

Tessa levantou-se do banco. Atrás dela, criara um fundo improvisado pendurando um lençol branco na parede de sua câmara escura. Mexeu em um interruptor, e meia dúzia de lâmpadas que tinham sido arrumadas piscaram ao mesmo tempo, como uma árvore de Natal ganhando vida.

— Eu queria fazer um retrato seu — disse Tessa.

Primeiro Vickie ficou confusa. Era uma pegadinha? Mas, quando ela viu a seriedade na expressão da garota, seus olhos marejaram, indicando que tinha entendido o significado da bandeira branca de Tessa.

Fazia um ano e meio que elas moravam sob o mesmo teto, mas, durante todo esse tempo, Tessa não tirara uma única foto de Vickie. Nem na manhã de Natal, nem quando eles foram acampar em Vermont, nem quando Vickie foi escolhida a Crupiê do Ano no trabalho. Ao não apontar sua câmera para Vickie, Tessa estava demonstrando que a mulher era insignificante, e que, como todos os outros, não merecia aparecer em seu visor.

No entanto, à medida que o verão foi passando, Tessa começou a se incomodar com a maneira como vinha tratando Vickie. De todas as pessoas na sua vida, por que Tessa era mais maldosa com a mulher que só a tratava com generosidade? Naturalmente, foi Skylar quem a ajudou a descobrir a resposta quando disse:

— Você tem razão, Vickie não é sua mãe. Ela te ama muito mais do que sua mãe te amava.

Será que Tessa estava descontando a raiva no alvo errado? Não era sua verdadeira mãe, aquela que a descartara como lixo, que merecia sua reprimenda? Era como se Tessa tivesse sido atacada por um pitbull feroz, e agora, anos depois, sempre que algum cão se aproximava, mesmo um filhotinho fofo, ela o enxergava como um inimigo mortal.

— Posso trocar de roupa primeiro? — perguntou Vickie.

— Vista isto aqui — disse Tessa, tirando uma roupa de

um cabide.

Vickie desenrolou o tecido. Surpreendeu-se ao ver um vestido branco, feito de musseline fina. A textura bem leve.

— É... transparente? — perguntou.

— Relaxe — disse Tessa. — Você tem corpo para usar algo assim.

Vickie sorriu, uma expressão rebelde no rosto.

— Ah, foda-se.

Minutos depois, Vickie estava sentada no banco, o vestido colado nas curvas do seu corpo. Depois que Tessa ajustou a iluminação, Vickie foi banhada por uma teia de sombras e luzes, com apenas uma minúscula parte do seu corpo visível ao olho nu.

Tessa começou a fotografar, mas Vickie parecia tensa, fazendo poses forçadas e rígidas. Tessa tentou instrui-la, mas não tinha experiência com retratos. Terminou decidindo que talvez elas relaxassem mais com um pouco de música. Ela abriu o aplicativo do Spotify e colocou a playlist predileta de Vickie, uma sequência de músicas dos anos noventa de cantoras como Sarah McLachlan e Alanis Morissette. Tessa brincava que a playlist era de "música estrogênica".

Quase imediatamente, as poses se tornaram mais relaxadas e naturais. Em um dado momento, mais solta, Vickie soltou os cabelos como uma supermodelo. Gritou mais alto que a música:

— Assim me sinto em outra época!

— Que época? — perguntou Tessa.

— A da universidade. Universidade de Wisconsin. Meu namorado Dale cursava artes. Ele era tão gato. Tipo, tão gato quanto o Brad Pitt. Dale me pediu para tirar a roupa e posar para ele várias vezes.

Fascinada, Tessa abaixou a câmera.

— Você deixou que ele a pintasse... nua?

— Eu era bem mais nova — disse Vickie orgulhosa. — Meus peitos pareciam mísseis, você tinha que ver. Eram tão durinhos.

Tessa não estava acreditando. Ela estava vendo um lado de Vickie que jamais tinha imaginado que existia. Um lado aventureiro, atrevido, até mesmo valente.

— Então... Mel não é a primeira pessoa por quem se apaixonou?

Vickie riu.

— Nossa, não. Amei alguns homens. E talvez até uma mulher. Mas não se atreva a contar isso para Mel.

Tessa fez que sim, indicando que o segredo de Vickie estava a salvo.

— Você amou algum deles mais do que ele te amava?

— Com certeza.

— E isso não te dava medo? Saber que ele poderia magoá-la mais do que você poderia magoá-lo?

— No começo, sim. Mas depois entendi que, se eu tentasse me isolar das coisas ruins, eu terminaria me isolando das coisas boas também. E, se fosse assim, de que adiantava tentar?

Tessa ficou em silêncio. Ela nunca tinha pensado que ser muito fechada não magoava apenas Skylar, mas também ela própria. Quão mais feliz eles poderiam ser se ela abrisse o coração completamente?

— Você ama Skylar, não é? — perguntou Vickie.

Tessa fez que sim relutantemente.

— E estou estragando tudo.

— Tenho certeza de que está exagerando.

— É tipo um reflexo. Toda vez que nos aproximamos mais um pouco, a menininha assustada que mora dentro de mim dá as caras e o afasta.

— Você já contou para ele do seu passado? Da sua infância?

— Já. E ele aceitou tudo. Disse que me ama. Mas não sei como parar de afastá-lo. Não sei o que fazer para que ele entenda que eu o amo.

— Bom, você pode começar dizendo isso.

Tessa suspirou desanimada.

— Por que é que eu sabia que você ia dizer isso?

— Você precisa ouvir essas palavras, Tessa.

— Você quis dizer que *ele* precisa ouvi-las.

— Não, Tessa. *Você* precisa se ouvir dizendo. Em voz alta. Ao pronunciar essas três palavras, você está dizendo para si mesma que seus sentimentos importam. Que *você* importa. Está dizendo ao mundo que não vai deixar aquela menininha assustada dentro de você silenciar seu coração.

Agora Vickie estava parada na frente de Tessa. E, pela primeira vez, a garota deixou Vickie abraçá-la. O afeto e o amor que Tessa sentiu naquele momento provocaram uma enxurrada de vergonha acumulada.

— Vickie, me desculpe pela maneira como te tratei — disse, chorando.

— Está desculpada, Tess.

E assim, em uma câmara escura de um sótão, às dez e meia de uma noite quente de agosto, Vickie se tornou a mãe de Tessa.

dezesseis dias antes

Quando o sr. Duffy abriu a porta de casa, Tessa caiu na gargalhada. Ela sempre o via de camisa social e gravata de estampa *paisley*. Mas lá estava ele, parado na porta, descalço, com um roupão atoalhado marrom. Seu cabelo loiro, que ela via impecavelmente penteado para trás, estava emaranhado, como se alguém tivesse derramado massa para panqueca em sua cabeça.

— Tessa? O que está fazendo aqui?

— Droga! — exclamou. — Eu confundi o dia?

Mas ela estava apenas sendo simpática. É claro que não tinha confundido o dia. Eram oito horas da manhã da quinta-feira, o horário que eles tinham combinado por e-mail.

— Puxa, Tessa, desculpe. Eu... hum... raramente vejo meu calendário durante o verão.

— Prefere que eu volte depois?

— Não, não. Você já está aqui, pode entrar.

Era uma casa modesta que combinava com um homem modesto. O piso velho de madeira rangeu sob os pés de Tessa enquanto ela o acompanhava até a sala de estar.

O sr. Duffy pegou o portfólio de couro nas mãos dela e gesticulou para que se sentasse no sofá. Ele abriu o zíper do portfólio e o colocou na mesa de centro. Sentou-se em uma cadeira do outro lado da mesa.

— Tudo bem — disse ele. — Vamos ver o que tem aqui.

E então, com muito cuidado e atenção, o sr. Duffy começou a folhear as fotos.

Depois de conversar com Vickie, Tessa percebeu que precisava contar a Skylar que o amava. Mas ela não queria apenas *contar*; ela queria *demonstrar*. E decidiu que a melhor maneira de fazer isso seria tentando estudar na RISD. É verdade que a probabilidade de ela ser aceita era minúscula. Milhares de alunos se candidatavam todos os anos, e apenas algumas centenas eram escolhidos. Porém, o mero fato de tentar diria uma coisa a Skylar: Tessa queria que eles dois ficassem juntos.

Então ela reorganizara seu portfólio e incluíra as melhores fotos do verão. Agora, além das paisagens monótonas e torres de celular, havia imagens de Skylar, de seu avô Mike, e de Shannon e Judd. Tessa acrescentou até uma das fotografias sensuais que tirara de Vickie na semana anterior. Na verdade, agora aquela era uma de suas fotos prediletas, uma lembrança tocante do vínculo entre mãe e filha que elas tinham formado na câmara escura.

Enquanto o sr. Duffy folheava o portfólio, Tessa viu uma infinidade de emoções no seu rosto. Porém, acima de tudo, ela viu orgulho.

— É incrível — declarou o sr. Duffy, entusiasmado. — É como se você tivesse descoberto um músculo completamente novo. Tantos rostos, tantas *pessoas*.

— Então acha que tenho chance?

— Com certeza. O comitê de admissão vai se impressionar.

— Acho bom. Pois, sem bolsa, eu nunca teria condições de estudar lá.

— Vou fazer questão de mencionar sua situação financeira para meu amigo do comitê de admissão. Enquanto isso, você vai precisar apresentar seu trabalho no dia do portfólio em novembro.

— Preciso mesmo? — disse Tessa, hesitante.

O sr. Duffy sabia mais do que ninguém que Tessa odiava falar em público. Ela ficava nervosa na frente de uma sala de aula com vinte alunos. Como é que apresentaria seu trabalho para um auditório com centenas de fotógrafos talentosos de sua idade, sem falar de todo o comitê de admissão?

— Um passo de cada vez, Tessa — disse o sr. Duffy para tranquilizá-la.

— Imagino que posso praticar na frente do espelho, não é?

— Isso. Depois, quando se sentir mais à vontade, peça para seus pais serem sua plateia.

Seus pais.

Normalmente, ela daria um fora em quem quer que dissesse essas palavras. Mas hoje ela gostou de ouvi-las.

— Me diga uma coisa, Tessa... o que a fez mudar de ideia? Durante o ano letivo, você estava *tão* decidida a não ir para universidade. Disse que não tinha talento o bastante para ser aceita.

Ela abriu um sorriso travesso.

— Lembra quando você falou da frase de Sally Mann? Que, para encontrar sua voz, você precisa encontrar alguém para amar?

— Lembro.

— Bem — disse ela, com um brilho nos olhos —, foi o que fiz.

trinta e sete dias depois

Faltam três dias.

Um plano começou a se formar na mente de Tessa. Era um plano nascido da necessidade e da falta de tempo. Tessa tinha apenas três dias para localizar o portal do bardo. Se não conseguisse encontrar Skylar até lá, isso jamais aconteceria.

Mas, primeiro, o mais importante. Ela precisava fazer uma lista de todos os lugares onde ela e Skylar tinham passado momentos importantes. Apesar de eles estarem namorando há somente alguns meses, não era tão fácil quanto parecia. As experiências naquele período tinham sido muitas. E, quando ela parava para pensar, até mesmo momentos corriqueiros tinham relevância. Teve aquela vez na farmácia em que Skylar desafiou Tessa a roubar uma caixa de chocolate e o gerente a pegou no flagra. Também teve a memorável briga de melancia, que deixou os dois encharcados de suco vermelho. Como medir o amor? Como determinar que acontecimento, que momento, que olhadela ou sorriso ou beijo havia tido mais importância? Era impossível. E foi por isso que a primeira lista de Tessa teve sete páginas, com 273 locais possíveis, e era impossível ela visitá-los em três dias. Ela precisava diminuir a lista.

Então, continuou e reduziu as sete páginas a duas, deixando-a com 32 lugares, o que ainda era uma quantidade grande demais para ela visitar em 72 horas. Tessa tentou mais uma vez, agora visitando os recantos mais profundos de seu coração para determinar quais momentos lhe eram mais importantes, e quais deviam ser mais importantes para Skylar. Após muita aflição, limitou a lista a três lugares:

1. O *Little Art Theater* (*onde nos conhecemos*).
2. O *Hotel Empíreo* (*onde nos beijamos*).
3. O *lago* (*onde Skylar disse que me amava*).

Três locais. Três dias. Era possível.

Para a próxima parte do plano, ela precisaria comprar alguns apetrechos. Como Doris lhe dissera que os espíritos desencarnados conseguiam manipular a eletricidade, Tessa teria de dar um tempo na sua aversão de longa data aos equipamentos modernos e comprar uma câmera digital. A nova câmera teria dois objetivos. Primeiro, a bateria ajudaria a dar energia ao espírito de Skylar, prolongando a duração da possível interação de ambos. Segundo, a câmera teria uma configuração avançada para ambientes com pouca luz. Isso a ajudaria a captar o espírito de Skylar em uma foto, supondo que ele fosse capaz de se materializar visualmente.

Ela precisava fazer uma visita a Sol.

Diferentemente dos outros estabelecimentos que pertenciam a moradores locais e se situavam na principal rua de Margate, a loja de equipamentos fotográficos não sucumbira ao aumento dos aluguéis nem ao comércio on-line. Isso porque o proprietário, Sol, era dono do prédio em que ficava a loja. E, com o aluguel da loja vizinha, ele ganhava o bastante para poder manter aberta sua loja em declínio. Tessa era a melhor freguesa de Sol há dois anos, e agora eles tinham uma relação amistosa. Ela estava contando com isso quando entrou na loja e lhe entregou uma lista de equipamentos que custariam mais de dois mil dólares.

Enquanto esperava no caixa, Tessa observou Sol pela porta do estoque. Ele tinha tufos idênticos de cabelo grisalho brotando dos dois lados da cabeça. Pareciam desafiar a gravidade e ficavam perpendiculares ao rosto dele, como uma peruca de palhaço. Enquanto vasculhava as várias prateleiras à procura do equipamento de Tessa, os tufos balançavam para cima e para baixo como asas. Ela o ouviu resmungar sozinho. Ele estava frustrado, era óbvio que não estava conseguindo encontrar alguma coisa no meio do ferro-velho de itens espalhados pelo estoque.

— O senhor está bem? — perguntou Tessa.

Sol voltou dos fundos da loja equilibrando uma pilha de caixas nos braços. Ele as dispôs lado a lado no balcão, depois riscou cada item da lista.

— Câmera digital de espectro completo com visão noturna... iluminador infravermelho com sensor de movimento. E, por último, mas não menos importante, baterias para propulsionar um navio inteiro. — Sol observou as mercadorias no balcão e identificou um tema. — Puxa, se eu não a conhecesse, até acharia que você vai caçar fantasmas.

Sem responder, Tessa pôs o cartão de crédito no balcão de vidro.

— Pode passar aqui.

Sol ergueu o cartão, mas, antes de inseri-lo na máquina, viu o nome que havia nele. *Merda. Lá vem.*

— Mel sabe que vai usar o cartão dele?

— Óbvio. É meu presente de aniversário.

— Presente de aniversário? Estamos em outubro, e seu aniversário é em abril.

Tessa abriu um sorriso malicioso.

— Não este ano.

Sol pareceu inquieto. Tão inquieto que Tessa ficou com medo de que ele ligasse para Mel a fim de obter sua aprovação. Da última vez que Mel flagrou Tessa "pegando dinheiro emprestado" da sua carteira, a deixou de castigo por dois meses e confiscou seu celular. Usar o cartão de crédito dele era uma transgressão muito maior.

— Posso ligar para Mel só para ficar mais tranquilo?

— Não confia em mim, Sol?

— Lembra o que o Presidente Reagan disse? *Confie, mas verifique.*

Sol estendeu o braço para pegar seu telefone fixo antigo, mas Tessa agarrou seu pulso com urgência e o deteve.

— Porra, Sol, passa logo isso.

Sol suspirou como se soubesse que havia algo de errado, mas não parecia ter coragem para discutir.

— Está bem. Mas é a sua consciência que vai pesar, não a minha.

Ela não tinha escolha. *Precisava* mentir para Sherman. Não se sentia bem fazendo isso, mas será que ele, ou qualquer outra pessoa, acreditaria na verdade? *Ei, Sherman, preciso do seu cinema inteiro hoje à noite para poder abrir um portal para o além e me reencontrar com meu namorado morto.* Ela disse a ele que trabalharia em um projeto para a aula de artes e que precisava apenas de algumas horas sozinha para fotografar. A mentira funcionou.

Às onze horas daquela noite, Tessa estava no cinema vazio, desembalando o equipamento novo. Ela inseriu uma bateria totalmente carregada na câmera digital e fechou o compartimento. Em seguida, posicionou a câmera nova no suporte de seu tripé e fixou o iluminador infravermelho com sensor de movimento em uma das pernas dele. Isso ativaria o obturador da câmera quando algum movimento fosse detectado. Por fim, Tessa pôs o tripé uma fileira abaixo do centro da sala, apontando a câmera para as poltronas que ela e Skylar tinham ocupado uma vez. Após limpar a lente, Tessa se acomodou no seu assento e respirou fundo, ansiosa.

E agora? Pensou ela. Sem nenhuma espécie de manual de instruções, Tessa estava perdida. Então esperou. Na sala de cinema mofada. Sozinha. A tela em sua frente era um retângulo branco de luz fraca. Ocasionalmente, ela ouvia rangidos baixos que aumentavam sua esperança, mas então percebia que não era o fantasma de Skylar, era o vento soprando nas paredes externas do cinema.

O que exatamente Tessa estava esperando? Que Skylar fosse se sentar ao seu lado? Isso era possível? Ela foi tomada pela dúvida. Começou a pensar no que Doris lhe dissera, que voltar aos lugares onde ela e Skylar tinham se sentido mais próximos poderia *abrir um portal*. Porém, talvez estar ali não bastasse. Talvez ela precisasse *fazer* alguma coisa. Não: ela precisava *sentir alguma coisa*. Sim, era isso. Não era o *local* que importava, eram os *sentimentos* que ela tivera ali. Seria a alegria que ela sentira naqueles lugares que atrairia Skylar.

Certa vez, Tessa lera a respeito de uma técnica usada por grandes atores. Se precisavam se sentir tristes, eles reviravam suas lembranças atrás de um momento sofrido do passado. Então permaneciam naquela lembrança, estimulando a emoção a levitar como uma boia. Depois que vinha à tona, conseguiam fazer a cena com um realismo impressionante. Era o que se chamava de "memória sensorial". E era isso que Tessa precisava fazer.

Não era difícil comungar com o passado. Tudo ainda estava bem vivo na sua mente. Fazia oito meses que eles tinham se conhecido no cinema, mas, como uma contracorrente intensa, as lembranças começaram a puxá-la para trás... para o momento em que Skylar se sentou ao seu lado pela primeira vez...

Ela conseguia se lembrar do cheiro amadeirado que seu corpo exalava... de suas primeiras palavras, *você assiste, eu traduzo*... do hálito morno dele em seu pescoço... de seus olhos verdes quando as luzes se acenderam... da conversa que eles tiveram sobre histórias de amor e finais felizes...

Tessa estava atravessando um turbilhão de nostalgia, tristeza e alegria. Ela perdeu a noção do tempo. Será que estava aqui, no presente? Ou lá no passado? O limite entre passado e presente, entre memória e realidade, se tornou vago.

— São duas da manhã, Tessa.

A voz de Sherman a trouxe de volta. Ele estava parado no corredor, as pálpebras pesadas.

— Só mais um pouquinho, Sherman, pode ser?

— Talvez amanhã — disse ele com pesar.

Não adiantava discutir. Tessa já tinha abusado da boa vontade dele. E, de todo jeito, o primeiro lugar da lista, o lugar onde ela conhecera Skylar, não tinha provocado nada além de uma saudade desesperadora dele.

Um local já era. Faltavam dois.

trinta e oito dias depois

Faltam dois dias.

Passava das sete quando Tessa entrou na suíte nupcial do Hotel Empíreo. Ao que tudo indicava, nada havia mudado. O tapete ainda estava manchado, as cortinas ainda estavam desbotadas e rasgadas, e a tinta ainda estava descascando das paredes, formando fitas enroscadas.

Ela tirou o equipamento ao lado da jacuzzi em formato de taça de champagne. Assim como na noite anterior, no cinema, ela prendeu a câmera ao tripé e fixou o sensor infravermelho em uma de suas pernas. Em seguida, virou a câmera, apontando a lente para o local exato onde Skylar a beijara pela primeira vez.

Satisfeita ao ver tudo pronto, Tessa subiu os degraus e entrou na banheira. Havia guimbas de cigarro e garrafas de vidro vazias no chão da banheira. Evidentemente, outras pessoas tinham descoberto aquele lugarzinho secreto dos dois, e Tessa ficou com raiva por não tratarem o local com a reverência que merecia.

Tessa inclinou-se para trás, recostando-se na superfície boleada da taça de champagne. Após pôr seus fones de ouvido sem fio, ela abriu o aplicativo de música no celular e apertou o polegar no símbolo de *repetir*. Então, após uma breve pausa, a música deles, "More Than This", começou a tocar...

Os acordes familiares da música surtiram o efeito desejado, fazendo Tessa voltar imediatamente... para o passado... para antes... antes que seu mundo ficasse sombrio...

Sua consciência se enfraqueceu. Parecia que ela estava em cima de uma plataforma de mergulho bem alta, olhando uma piscina de água cristalina perfeitamente limpa. Dentro daquela água, em suspensão, encontrava-se a lembrança do primeiro encontro dos dois. Ansiosa para entrar no passado, Tessa abriu os braços como asas e saltou da plataforma em sua mente. Por um instante ela estava no ar, um majestoso pássaro em pleno voo, antes de mergulhar na água agradavelmente morna.

Agora ela estava dentro da lembrança, inseparável dela. O som da risada de Skylar agitou a água ao redor dela... Tessa sentiu o mesmo frio na barriga daquela noite na suíte do hotel, cheia de expectativa... e então sentiu os lábios dele, os belos lábios dele, se pressionando com suavidade, depois com urgência, nos seus.

Uma sensação esquisita de coceira começou a dançar pelo corpo dela. Sua atenção se voltou para a música. Por algum motivo, ela tinha mudado. Não era mais a música deles. Em vez disso, Tessa ouviu uma guitarra sendo dedilhada e uma voz suave cantando letras que ela nunca escutara antes. Era uma música curiosa e romântica, algo gravado em uma época mais inocente, talvez na década de sessenta.

Os olhos de Tessa se abriram. Ela devia ter adormecido na jacuzzi. Esfregou os olhos para enxergar com nitidez, mas tudo estava enevoado e ondulante. Tessa percebeu que continuava debaixo da água, ou seja, ainda estava sonhando.

Não, se fosse um sonho, ela não estaria sentindo aquela pressão intensa, característica dos fones sem fio, nos seus ouvidos. Havia uma diferença entre estar sonhando e estar acordado, e ela estava acordada. Mas por que estava dentro da água? E como estava *respirando* dentro da água?

Assustada, Tessa se lançou para cima. Ela se viu dentro da jacuzzi, mas agora havia água ali dentro, chegando até a altura do seu peito. Instintivamente, ergueu o braço para afastar a franja da testa, mas notou que seu cabelo não estava molhado. Confusa, passou os dedos na superfície da água e ficou chocada ao perceber que o líquido não se alterava.

Não é água de verdade. É outra coisa. É como se fosse... a imagem da água sendo projetada na banheira.

Ao olhar para a beira da jacuzzi, Tessa viu que a suíte mudara. De alguma maneira, toda a mobília agora estava novinha em folha. O tapete felpudo que, minutos antes, era pura sujeira e pó, agora estava limpo e claro. O dossel da cama voltara a ter quatro postes, ornado com um edredom novo no colchão. Era como se Tessa tivesse entrado em uma máquina do tempo e estivesse vendo o quarto em suas condições originais dos anos sessenta.

Ao lado da cama, percebeu um enorme rádio na prateleira de um aparador de carvalho. Era aquele rádio que estava tocando a música romântica que a fizera acordar.

Perplexa e intrigada, Tessa se levantou. Ela notou que suas roupas estavam completamente secas; nem uma gota de água caíra do seu corpo. Subiu na beira da banheira e desceu os degraus. Quando seu pé tocou no chão, se assustou com um clarão de luz forte e repentino. Ela se virou em choque. Era sua câmera. O sensor captara seu movimento e disparara o flash e o obturador. Pelo menos agora ela sabia que ele funcionava.

Tessa começou a andar pelo quarto, assimilando todos os detalhes que tinham sido escondidos pelo tempo e pela negligência. No alto, o teto estava coberto de espelhos que formavam uma estrela. E as cortinas nem eram marrom-escuras, afinal, eram da cor de rosas recém-cortadas. A elegância da decoração era surpreendente e fez Tessa pensar na foto de casamento que havia na parede da sala do vovô Mike, mostrando sua jovem noiva. *O tempo esconde tanta beleza*, pensou.

Tessa se virou para o aparador com o rádio. Querendo baixar a música para uma altura razoável, ela estendeu o braço na direção do botão prateado de volume, mas sua mão o atravessou como se ela não estivesse ali. Ela era um fantasma? Não, seu corpo ainda era sólido e real. Talvez fosse o oposto. Talvez tudo no quarto, tudo que estava vendo, fosse alguma espécie de projeção fantasmagórica. E isso era possível? Tessa sempre pensara que fantasmas eram pessoas. Será que os objetos também podiam ser intangíveis?

Naquele momento, Tessa sentiu uma mudança sutil no quarto. *Flash!* O obturador da sua câmera clicou sozinho de novo. Alguma coisa tinha se movido atrás dela. Ela se virou e viu o ar na sua frente tremeluzindo, como ondas de calor irradiando do asfalto quente. Agora sua câmera estava enlouquecendo, *Flash! Flash! Flash!*, batendo fotos com rapidez.

Era como se todos os átomos e partículas que formavam a suíte estivessem se comunicando uns com os outros e concentrando a energia em um único ponto na frente dos olhos de Tessa. De repente, uma pequena esfera luminosa, menor do que uma bola de beisebol, apareceu no meio do ar. Ela tinha a mesma luz branca e dourada que Tessa havia visto quando estava no túnel, correndo na direção do além. A esfera começou a oscilar e sua circunferência se alargou, como se uma íris se abrisse. Uma luz morna irrompeu da abertura e se espalhou pelo rosto de Tessa. Instintivamente, ela ergueu a mão para proteger a vista da claridade, mas percebeu que era desnecessário. Conseguia olhar diretamente para a luz. Agora, do outro lado da abertura, Tessa estava vendo os contornos de uma silhueta humana. Era uma silhueta que ela estudara tanto quanto as fotos pelas quais se apaixonava...

Skylar.

— Meu Deus — disse Tessa.

Ele estava parado na frente dela, meio sólido, meio vaporoso. Seu corpo estava enevoado e indefinido, mas seu rosto estava nítido o bastante para que as feições pudessem ser distinguidas. Ao vê-lo pela primeira vez desde o acidente, Tessa soltou um grito frenético de alegria. Lágrimas escorreram pelo seu rosto. De tão abalada pela emoção, não conseguiu formar uma palavra sequer. Tudo que conseguia fazer era se maravilhar com a presença dele, desejando sentir aquela euforia para sempre.

Skylar acenou a mão, gesticulando para que Tessa se aproximasse. Ela obrigou seus pés a avançar e chegou ao limite da abertura, agora a centímetros do rosto diáfano dele. Na expressão de Skylar, ela viu saudade. Seus corpos se encontravam a uma proximidade torturante, mas eles estavam a uma distância insuportável.

Louca para tocá-lo, Tessa estendeu o braço. Mas quando sua mão atravessou a abertura, ela evaporou, e Tessa não conseguiu mais vê-la nem senti-la. Assustada, ela tirou a mão com rapidez.

Era a vez de Skylar tentar. Ele pôs a mão lá dentro e, quando ela passou pela linha divisória, a abertura desapareceu de novo. Porém, instantes depois, Tessa sentiu o toque invisível de Skylar deslizando pelo seu rosto, enxugando suas lágrimas. Ela estremeceu.

Havia uma expressão de sofrimento no rosto dele. Tessa suspeitava que aquela era a primeira vez que Skylar tocava em carne humana desde que sua alma se separara do corpo.

— Sky? Está conseguindo me ouvir?

Skylar deu de ombros, confuso. Ele não parecia estar entendendo suas palavras. Sua boca se mexeu, mas Tessa não conseguia escutá-lo. Pelo jeito, o som não atravessava a barreira que os separava.

De repente, a expressão de Skylar mudou. Havia pânico em seus olhos. Naquele momento, o portal começou a diminuir. Desesperado, ele estendeu a mão para Tessa como se tentando agarrá-la.

— Skylar, espere! — exclamou ela. — Volte!

Mas a abertura se fechou de um jeito definitivo e perturbador, e no mesmo instante, Tessa ouviu uma voz grave chamá-la.

— Você é Tessa Jacobs?

Ela se virou. Havia a sombra alta e robusta de um homem na porta da suíte. Ele estava apontando uma lanterna acesa para os olhos dela.

— Quem é você? — perguntou Tessa, a voz falhando de medo. — O que você quer?

A lanterna foi desligada, e ela viu que era um policial na sua frente.

— Sou o policial Rogers. Seus pais estão te procurando.

Enquanto o policial a acompanhava para fora da suíte, Tessa deu uma última olhada para trás. O quarto voltara ao seu estado arruinado. E a jacuzzi era apenas uma banheira vazia com guimbas de cigarro e garrafas de cerveja quebradas.

Era como se nada tivesse acontecido.

Fazia dez minutos que o policial Rogers tinha ido embora, mas Tessa ainda estava no gramado da frente de casa, gritando com Mel e Vickie.

— Vocês rastrearam meu celular! Não sei nem...

O rosto de Mel estava vermelho, os olhos semicerrados de tanta raiva.

— Você abdicou da sua privacidade no momento em que roubou meu cartão de crédito!

Vickie fazia o possível para manter a calma, mas a raiva de Mel era contagiosa, como se fosse um vírus passando entre os dois.

— Meu Deus, Tessa, que merda você estava fazendo naquele hotel? Não tem viciados e mendigos morando lá?

— Eu já disse, estava fotografando!

— A esta hora? — perguntou Vickie. — Quando você tem aula amanhã?

— Ela está tentando voltar para o hospital *de propósito*! — gritou Mel.

Tessa não tinha tempo para aquilo.

— E se eu estiver mesmo? É melhor estar morta do que morar na mesma casa que vocês dois. Desde o dia em que voltei do hospital, parece que nenhum de vocês me entende.

Vickie pareceu se insultar.

— Não é justo. Nós dois tentamos conversar com você, cada um com seu jeitinho. Mas você não quis nem saber de falar com a gente. — Sua voz começou a tremer enquanto ela se segurava para não chorar. — Eu simplesmente não entendo. Estava tudo tão bem no verão. A gente estava começando a se sentir como uma família de verdade.

Tessa abriu um sorriso sarcástico.

— Nossa, o que será que aconteceu no fim do verão que mudou o meu humor? Hum... deixe eu pensar...

— Você age como se fosse a única pessoa que já sofreu na vida — disse Mel. — Você não sabe pelo que passei nem pelo que Vickie passou.

— Não preciso ouvir nada disso. Você *não é* meu pai!

Vickie explodiu:

— Já ouvi mais do que o suficiente! Você está de castigo. *Indefinidamente*. Entre agorinha!

Ela nunca tinha visto Vickie tão zangada assim. Na verdade, ela nunca tinha visto Vickie se zangar com nada.

—Ah, vá se foder, Vickie!

Tessa empurrou Vickie para o lado e foi em disparada para a porta da frente...

Mas então algo a deteve...

Dor.

Uma dor excruciante, no centro do seu peito.

Tessa tentou respirar, mas seus pulmões estavam congelados, incapazes de inflar. Seu coração era uma britadeira, rasgando o interior do corpo, lançando correntes de dor para todos os seus nervos. Tessa gritou aterrorizada:

— Meu Deus!

A grama amorteceu sua queda. Ela sentiu as folhas molhadas fazendo cócegas em sua nuca e ouviu Vickie gritar descontroladamente ao telefone, implorando que mandassem uma ambulância de imediato.

Mel pôs Tessa nos braços, carregando seu corpo inerte como se fosse um animal ferido. Ela conseguia ver a boca dele se mexendo, mas não conseguia mais ouvi-lo.

Seu rosto foi a última coisa que Tessa viu antes de ser engolida pela escuridão.

sete dias antes

A melhor parte da casa de Shannon não era a garagem para quatro carros, nem o piso de mármore da sala de estar, nem a suíte de seus pais, que tinha um banheiro para cada um. Era o pátio. O pátio de Shannon parecia o cenário de um *reality show*. Cada detalhezinho, cada enfeite e cor e luminária tinha sido selecionado para impressionar.

O destaque era a piscina em formato de rim, com cascatas estrondosas que escondiam uma gruta secreta com uma sala de cinema dentro. Ao lado da piscina havia a cozinha externa, com direito a um bar completo e a um forno para pizza em formato de domo, construído com pedra importada da Itália. A cereja do bolo era o deque privado. Após passar pelo portão, era possível caminhar pelas tábuas de madeira até a beira da água. Dali, daquele local idílico, a pessoa poderia admirar o catamarã de quarenta pés batizado de *Yeo-reum*, que significava verão em coreano.

Apesar de todo aquele luxo abundante, a família de Shannon fazia uma viagem anual no fim do verão.

Felizmente, naquele ano, ela evitara a viagem dizendo aos pais que precisava estudar para o vestibular. Isso significava que passaria nove dias sozinha em casa, seis dos quais seriam dedicados aos preparativos de uma festa de arromba. Um seria o dia da própria festa, e os últimos dois serviriam para fazer a limpeza.

Tessa ajudou a planejar. Ela foi resolver coisas com Shannon, comprou caixas de refrigerante, copos plásticos, batatas chips, garrafas de água mineral, limões e uma mistura pré-pronta para margaritas. Elas não precisavam comprar mais bebidas alcóolicas porque o bar externo já estava cheio delas, inclusive com cervejas coreanas, e como os pais de Shannon nunca iam para a piscina, eles jamais perceberiam se parte delas desaparecesse.

Ao cair da noite daquele sábado, os rostos familiares começaram a chegar ao pátio de Shannon. Em menos de uma hora, o lugar estava lotado, e havia tanta gente conversando e gritando que ela teve de aumentar o volume do som da área externa.

Tessa se esforçou para puxar papo com os colegas do colégio, mas seus olhos não paravam de procurar Skylar na multidão. Mais cedo no mesmo dia, ele lhe avisara que talvez fosse se atrasar. Seu avô tivera um problema de saúde naquela manhã. Terminou sendo alarme falso, mas Skylar só queria sair para a festa depois de garantir que Mike estava dormindo bem.

Graças a Deus ela e Skylar tinham voltado a se falar. Apenas uma semana antes, Tessa ainda estava preocupada achando que eles jamais se veriam ou se falariam de novo. Mas então ele a surpreendeu com uma ligação de Princeton para que pusessem as novidades em dia. Tessa se desculpou imediatamente pelo incidente na galeria de arte.

— Não sei o que aconteceu — disse ela. — Eu simplesmente... surtei. Acho que preciso melhorar em relação a algumas coisas.

— Todos nós precisamos melhorar — respondeu Skylar, compreensivo.

Ela se sentiu muito melhor após a ligação, mas só relaxaria quando o visse pessoalmente. Precisava olhá-lo nos olhos quando fosse lhe dizer que o amava, e que se inscrevera no processo seletivo de RISD para que eles pudessem ficar juntos depois que ela se formasse.

Eram quase dez da noite e Tessa estava um pouco bêbada por ter tomado soju. É uma bebida alcóolica coreana, sem cheiro e sem gosto, que tinha um efeito forte. Após um único copo, ela já estava se sentindo tonta, com a pele quente devido à umidade. Ela decidiu pegar gelo. Assim, diluiria a bebida e se refrescaria. Tessa abriu caminho no meio do pessoal, dirigindo-se ao bar, mas paralisou ao ouvir a voz de Skylar no meio do barulho.

— Tessa!

Ela o viu parado do outro lado da piscina. Ele estava com uma bermuda que chegava até os joelhos e uma camisa havaiana meio desabotoada, deixando à mostra seu peito bronzeado. Tessa sentiu um frio na barriga. Todos aqueles dias longe um do outro tinham apenas aumentado seu desejo por ele. Skylar sorriu e foi na direção dela. Depois de apenas alguns passos, um grupo de seus colegas do remo, todos embriagados, o abordou. Skylar franziu a testa para Tessa, com sua expressão dizendo: *foi mal, estou preso aqui.* Tessa apontou para o copo de soju, perguntando: *quer um?* Skylar sorriu. *Obrigado.*

Bem naquela hora, Tessa sentiu alguém esbarrar nas suas costas. Ela se virou e viu Shannon meio que se desequilibrando, totalmente bêbada.

AINDA ESTOU AQUI 231

— Eu devia ter percebido desde o começo — disse Shannon de um jeito enrolado.

Tessa ficou confusa.

— Percebido o quê?

— Ele está trabalhando na Sephora neste verão. Na *Sephora*!

— Que merda você tá falando, Shan?

Shannon apontou para a cascata. Debaixo dela, Tessa viu Judd, o *crush* de verão da amiga. A água escorria pelo seu corpo atlético. Porém, não foi isso que surpreendeu Tessa. O que a surpreendeu foi o fato de Judd estar com os braços ao redor de outro cara, e os dois estavam se beijando.

— Judd precisou ficar comigo para que a ficha dele caísse — reclamou.

—Ah, puxa, Shan, que coisa mais chata. Lamento muito.

Shannon tentou pegar o copo de soju da amiga, desesperada para tomar outro gole. Mas Tessa o afastou.

— Negativo — disse Tessa. — Vou proibir você de beber mais.

Shannon ficou parada, com o rosto da cor de uma berinjela cozida. Agora ela se encontrava em um estado intermediário: estava consciente, mas prestes a apagar. Tessa precisava tomar uma decisão antes que sua amiga caísse de cara no chão na própria festa.

Tessa ajudou Shannon a subir até seu quarto. Mesmo lá, com as janelas fechadas, a forte batida do hip hop era ensurdecedora. Ela pôs a amiga na cama e a cobriu com seu edredom de mil fios.

— Vá dormir, gata — disse, se virando para sair, mas Shannon agarrou seu pulso e a deteve.

— Tessa? — Sua voz parecia carente, como a de uma

menina pequena implorando para a mamãe ler uma historinha.

— Oi, meu amor.

— Acha que algum dia vou conhecer alguém tão legal quanto o Skylar?

Tessa sorriu.

— Hum, duvido.

As duas riram.

— Ele realmente enxerga quem você é, né? — perguntou.

— É mais do que isso. Ele faz com que eu me enxergue melhor... que eu enxergue o que sou... o que eu poderia ser.

— Mas ainda sou sua melhor amiga, né?

Tessa afastou a franja de Shannon da testa e sorriu carinhosamente.

— Pra sempre.

Lá fora, a festa ainda estava bem animada. Tessa voltou para o bar e serviu mais dois copos de soju, um para ela, um para Skylar. Deu a volta na piscina e foi para a grama perto do deque. Encontrou Skylar onde o tinha visto antes, ainda cercado por um bando de seus colegas do remo. Quando ele viu Tessa chegando, seus olhos se alegraram. Ele fechou a mão e cumprimentou os amigos com o punho. Depois foi correndo até a garota e a abraçou.

Ela sentiu o corpo dele contra o seu, o suor do seu peito grudando na roupa dela. O rombo de nervosismo que estava na barriga de Tessa desde a galeria de arte tinha evaporado, sendo substituído por uma felicidade transbordante. Ela surpreendeu-se ao ver o quanto o toque dele era capaz de deixar tudo bem. Skylar ergueu o queixo de Tessa e a beijou delicadamente.

— Oi.

— Olá — falou, depois entregou a Skylar seu soju.

Ele encostou a beira do seu copo plástico no dela, tomou um gole e a beijou outra vez. Ela sentiu o líquido doce e amargo em seus lábios.

— Sky? A gente pode conversar um segundinho? A sós.

— Você não está com raiva de mim ainda, está?

— De jeito nenhum. Estou bem. É que... preciso te dizer uma coisa.

Tessa puxou Skylar na direção do portão que dava para o deque. Ela sabia o código de acesso e planejava levá-lo para o catamarã de Shannon. Seria lá, com os dois deitados na beira da água, que ela diria que o amava. Porém, enquanto Tessa digitava o código no teclado, uma voz familiar gritou:

— Ei, mano! Fiquei sabendo da novidade!

Cortez apareceu atrás dos dois. Previsivelmente, ele estava sem camisa, cheio de tatuagens novas no peitoral, embora estivesse escuro demais para enxergá-las direito.

— Novidade? — perguntou Tessa. — Que novidade?

Skylar ficou tenso, e de repente a cor se esvaiu de seu rosto.

— Ainda não é nada oficial — disse.

— Que mentira, cara! Falei com o técnico hoje de manhã. Ele disse que já está praticamente garantido!

Em seguida, Cortez tirou o boné da Universidade do Estado do Oregon da cabeça e o colocou na de Skylar.

— Bem-vindo a Oregon, cara!

Oregon?

Do outro lado do país?

Ela viu a expressão de culpa de Skylar.

— Eu ia te contar, Tess. Juro.

Na sua vida inteira, Tessa nunca tinha se sentido

tão magoada quanto naquele momento. Mesmo após ser abandonada pelos pais, e após anos de lares onde era maltratada, nada se comparava àquela sensação de traição. Ela precisava sair dali. Precisava sair dali antes que detonasse como uma bomba, fazendo seu coração voar pelos ares como estilhaços mortais. Então foi embora, abrindo caminho no meio do borrão de rostos da multidão. Ela ouviu Skylar chamá-la:

— Tessa, espere!

No entanto, continuou correndo, passando pela sala de estar toda branca e pela porta da frente.

Foi somente quando chegou a Bayshore Drive que Skylar a alcançou.

— Eu ia te contar, Tessa! — gritou ele.

— Quando? *Depois* que eu fosse aceita na RISD?

— É claro que não! Eu só não queria te dar uma desculpa para desistir de tentar. Você é uma artista incrível, Tessa. Seu lugar é na melhor universidade de artes, independentemente de onde eu estiver.

— E o nosso plano? Mesma cidade, sem prazo de validade?

— Você não quis nem se inscrever no processo seletivo!

— Eu me inscrevi na semana passada!

Ela esperava que a notícia fosse surpreendê-lo, mas sua revelação o deixou ainda mais zangado.

— Valeu por esperar até o último minuto para me contar.

Silêncio. Tessa conseguia ouvir os grilos, o burburinho da festa e a vibração distante do baixo tremendo no ar. Eles estavam em um impasse. Ela não queria ir embora, mas o que mais poderia fazer?

Skylar respirou fundo.

— Tessa, a verdade é que meu pai... ele não está muito bem. Ele está se sentindo muito sozinho em Oregon, e acho melhor passar um tempo com ele.

— Oregon fica do outro lado do país. Como é que a gente vai se ver?

— Vai ser difícil — falou, desanimado. — Mas eu *não vou* mudar de universidade. Vou apenas adiar a Brown por um ano. Se você for aprovada na RISD, o que vai acontecer, eu estarei em Providence antes de você.

Tessa balançou a cabeça, duvidando.

— E se você gostar de Oregon? E se sua equipe começar a vencer? Seja sincero, Sky... você vai simplesmente ir embora assim?

— Tess, meu pai precisa de mim. Ele é minha família. Você não entende de família porque...

Skylar se interrompeu e não terminou a frase.

Mas Tessa sabia o que ele ia dizer e concluiu por ele.

— Porque nunca tive uma?

— Desculpe. Não foi isso que quis dizer.

— Eu *sabia* que isso ia acontecer — disse a garota, com a voz trêmula. — A gente se aproxima das pessoas e elas só te machucam.

Skylar tentou tocar em Tessa, mas ela recuou, se encolhendo. Ela viu um lampejo de raiva em seus olhos.

— Então agora você vai me afastar, como faz com todo mundo?

Tessa se surpreendeu com a facilidade com que as próximas palavras saíram de sua boca.

— O verão acabou, Skylar... e a gente também.

Então ela se virou. E saiu correndo. Seus tornozelos e joelhos começaram a latejar, mas era gostoso sentir aquela dor. Estranhamente, ela pensou no passado... na primeira conversa que tivera com Skylar, meses atrás, no cinema. *As melhores histórias de amor*, ela lembrava de dizer, *sempre têm finais tristes.*

Tessa odiava ter razão.

trinta e nove dias depois

Falta um dia.

Tessa sentiu o cheiro do perfume de Jasmine. Foi assim que ela soube que estava no hospital de novo. Ao erguer os olhos, viu sua enfermeira predileta ao seu lado. Ela acabara de furar a veia da garota com uma agulha para soro e estava colando o acesso no seu punho com fita adesiva. Ao ver Tessa acordada, Jasmine balançou a cabeça com desaprovação:

— Menina, eu não te disse para pegar leve?

O dr. Nagash apareceu ao lado da cama dela. Apontou a lanterna clínica para os olhos dela, depois ouviu seu batimento cardíaco com o estetoscópio. Como sempre, não havia nenhuma emoção em sua atitude. Mel e Vickie estavam parados atrás dele, com expressões idênticas de preocupação.

— O-o que... a-aconteceu? — perguntou Tessa.

— O que aconteceu? — repetiu o dr. Nagash. — Exatamente o que eu tinha te avisado, Tessa. Você rompeu o reparo.

— É muito grave? — perguntou Vickie.

— A tomografia mostrou uma quantidade razoável de

sangue acumulada ao redor do coração.

Mel entrou na conversa:

— Não é nenhuma surpresa, com a maneira como ela tem se comportado... Ela mal come, dorme durante o dia. Era apenas uma questão de tempo.

Vickie repreendeu-o:

— Agora não, Mel. — Em seguida, se virou para o dr. Nagash outra vez. — Ela vai ficar bem?

— Somente quando eu puder drenar a câmara cardíaca e reforçar a sutura original.

— Vai ter que operar? — perguntou Mel. — *De novo?*

— Infelizmente, o coração dela não vai sarar sozinho. Precisamos marcar a cirurgia para amanhã bem cedo.

Em pânico, Tessa protestou.

— Não! Não posso ficar aqui!

Ela tentou se levantar, mas Mel segurou rapidamente seus ombros e a pressionou na cama.

— Você precisa ficar aqui, Tessa.

— Mel tem razão — disse o dr. Nagash. — Se eu lhe der alta, você não vai sobreviver a esta noite. Por enquanto, quero apenas que repouse.

O dr. Nagash mexeu no regulador de soro dela, enchendo seu corpo de uma leveza agradável na mesma hora.

— Quando você acordar, tudo estará resolvido.

— Vocês não estão entendendo... — disse Tessa, com a voz choramingando. — É... o ú-último... di-dia...

Vickie pareceu confusa.

— Último dia? Último dia de quê?

Mas Tessa não conseguiu responder.

***

Tessa sentiu uma rajada de ar frio e percebeu que estava se movendo. *Eles estão me levando para a sala de cirurgia*, pensou. O que significava que era de manhã e que o prazo tinha passado. O período de transição de Skylar tinha chegado ao fim. Ele tinha partido do bardo. Não haveria mais nenhum reencontro, mais nenhuma chance de tocá-lo, de beijá-lo, de se despedir direito.

Tessa obrigou seus olhos a se abrirem. Sua visão estava embaçada devido aos medicamentos, mas ela conseguiu ver que estava sendo levada para a frente com muita rapidez. Não estava deitada em uma maca, mas sentada em uma cadeira de rodas, que estava sendo empurrada pelo corredor do hospital. Os corredores estavam desertos, o que indicava que era tarde da noite. Que esquisito, a cirurgia estava marcada para a manhã, não era?

Tessa ergueu o pulso e percebeu que o soro tinha sido removido. Um curativo tinha sido colocado desajeitadamente por cima do local da inserção.

— Jazz? — perguntou. — Para onde está me levando?

Mas não foi Jasmine que respondeu a Tessa. Foi Shannon.

— Para Skylar — disse ela.

Elas fizeram uma parada brusca na frente dos elevadores. Shannon saiu de trás da cadeira de rodas e apertou o botão de descer. Ela se virou para Tessa, o peito inflado de orgulho.

— Quem é sua melhor amiga?

Tessa sentiu uma onda de amor por ela.

— Você.

Enquanto elas esperavam o elevador chegar, os olhos de Shannon procuraram enfermeiras ou seguranças que poderiam começar a fazer perguntas. Afinal, Tessa era menor de idade, então apenas Mel ou Vickie poderiam autorizar sua saída. Isso significava que o hospital poderia detê-la legalmente se quisesse. Mas, antes, teria de ser capturada.

Ping! As portas do elevador se abriram, recebendo Tessa e Shannon dentro do cubo vazio. Shannon apertou várias vezes o botão do térreo, e as portas finalmente se fecharam.

— Como soube onde eu estava? — perguntou Tessa.

— Seu namorado morto me contou.

— O quê?

— Saca só: eu estava lá em casa agora à noite, esperando para assistir a *The Bachelor*. E então comecei a ouvir Waffles latindo no meu quarto. E era, tipo, um latido feroz de lobisomem. Então subi para dar uma olhada nele e... — Shannon parou. — Você se lembra da *planchette*? A que a gente usou para contactar Skylar? Ela estava se movendo, sem que eu nem sequer tocasse nela! E quando parou, eis o que eu encontrei...

Shannon tirou uma folha de papel do bolso, a desdobrou e a estendeu para a amiga. Ela reconheceu imediatamente as curvas características da letra de Skylar:

vá buscar Tessa no hospital

— Liguei para Vickie na mesma hora, e ela me contou que você estava aqui, então vim o mais rápido que pude.

— Você é demais, Shannon.

— Tá, mas e agora? Para onde a gente vai?

— Para o lago.

— Onde ele disse que amava você?

Tessa fez que sim.

— É o último lugar na minha lista. É onde nós dois vamos poder nos reencontrar. Tenho certeza.

As portas do elevador se abriram. Shannon empurrou

a cadeira de rodas para a frente, atravessando a entrada do hospital e passando pelas portas automáticas. Lá fora, o ar revigorante despertou os sentidos de Tessa, e sua visão finalmente desembaçou.

Shannon parou no meio-fio na frente do hospital, onde estacionara o carro.

— Pra cima! — disse, erguendo Tessa.

Tessa ainda estava fraca devido aos medicamentos, e precisou de ajuda para se acomodar no banco do passageiro. Naquele momento, ouviu as portas do hospital se abrirem, e depois o chiado típico de um walkie-talkie. Por cima do ombro de Shannon, ela avistou dois seguranças correndo na direção das duas. Um deles gritou:

— Parem imediatamente!

— Vai logo, vai logo! — ordenou Tessa.

Shannon não tinha tempo de dar a volta no carro, então pulou por cima das pernas de Tessa e foi parar no banco do motorista. Tessa puxou a porta com força enquanto Shannon ligava o motor. Os pneus cantaram de um jeito assustador. O carro ficou parado por um instante, as rodas girando rapidamente. Então a borracha encostou no asfalto e o Hyundai se lançou para longe da frente do hospital como um puro-sangue frenético.

Um dos seguranças conseguiu alcançar o carro. Agora ele estava correndo ao lado do veículo, segurando a maçaneta da porta.

— Parem! — gritou, enquanto batia na janela do passageiro com os punhos cerrados.

— Ei, babaca! — berrou Shannon, ofendida com o fato de ele ter se atrevido a tocar no seu precioso Hyundai. — Tire essas mãos do meu carro!

Mas a esta altura, o segurança já estava no retrovisor, um boneco minúsculo diminuindo de tamanho à distância.

Ao sair do hospital, Shannon virou bruscamente à direita. A parte de trás do carro derrapou desgovernadamente antes que ela recuperasse o controle. Agora elas estavam se dirigindo para o sul pela Atlantic Avenue, seguindo na direção oposta de onde precisavam ir.

— Pera aí — disse Tessa. — Você está fazendo o caminho errado! O lago fica na direção oposta!

— Eu sei!

— Mas então o que é que você está fazendo? Dê a volta!

Shannon tentou girar o volante para a esquerda, mas ele não quis se mexer.

— Não consigo!

— Como assim "você não consegue"?

Shannon parecia nauseada.

— O carro está *se dirigindo sozinho*!

Tessa demorou um instante para compreender o que estava acontecendo.

— Solte — ordenou.

— O quê?

— Solte o volante! Skylar está levando a gente para algum lugar!

Shannon respirou fundo e soltou o volante com relutância. Na mesma hora, o motor rugiu e o Hyundai disparou como um carro turbinado.

— Só quero que você saiba — disse Shannon — que estou perdendo *The Bachelor* por causa disso.

duas horas antes

Tessa estava atrás do caixa do Jackpot Gifts, observando as pesadas gotas de chuva ricochetearem nas ripas do calçadão. À distância, viam-se nuvens escuras baixas cobrindo o mar agitado.

Havia algo de apropriado naquela cena sombria diante dela. Se era para lamentar o fim de seu primeiro namoro, aquele era o clima ideal. Era como se seu estado emocional estivesse se projetando na natureza.

Tessa estava em um abismo, no abismo que ela temeu quando conheceu Skylar. E, de certa maneira, não se incomodava de estar ali. A vida era exatamente aquilo: aceitar que, afinal, tudo dava errado. Essa era a história da vida. Ou pelo menos a da vida de *Tessa*.

Skylar lhe enviara dezenas de mensagens de texto e e-mails e até deixara várias mensagens de voz. Porém, Tessa apagou cada uma delas antes de ler ou escutar. Ela não queria ouvir a voz dele, nem ler suas palavras, nem conversar com ele sobre nada. Tinha cortado todo o contato. Agora precisava apenas esquecer as lembranças e seguir em frente.

De repente, Tessa percebeu uma pessoa na sua frente, do outro lado do balcão. Ela estava com uma capa de chuva, um capuz cobria a cabeça, escondendo seu rosto.

— Posso ajudar em alguma coisa? — perguntou Tessa.

A pessoa ergueu o braço e abaixou o capuz. Era Shannon. Com o rosto rosa de cansaço, ela estava ofegante por ter corrido no meio da chuva.

— Meu Deus! — disse ela. — Parece uma praga bíblica lá fora!

Shannon balançou o cabelo, lançando uma cascata de gotículas que atingiram o rosto de Tessa, fazendo-a se contrair.

— O que você tá fazendo aqui? — perguntou Tessa.

— Vim dar uma conferida no seu estado mental.

Tessa revirou os olhos e saiu de trás do balcão. Atravessou a loja e abriu as abas de uma caixa marrom. Dentro dela havia dezenas de camisetas embaladas com as palavras SAUDAÇÕES DE ATLANTIC CITY. Tessa começou a tirar as camisetas das embalagens e a empilhá-las uma em cima da outra. Um trabalho sem graça para um dia sem graça.

A amiga apareceu atrás dela, como uma sombra da qual Tessa não conseguia escapar.

— Skylar me contou que deixou um monte de mensagens pra você.

— E daí?

— E *daí*? Tessa, você não deve dar um gelo na sua alma gêmea!

Tessa não respondeu. Ela continuou desembalando as camisetas.

— Essa é uma maneira *muito* errada de mostrar que você tem razão — disse Shannon.

— Razão em relação a quê?

— Você sempre diz que não existe final feliz. E agora está estragando um namoro incrível só para provar isso, é?

— Shannon, sei que veio aqui para ajudar. E agradeço. Mas você não pode me ajudar. Ninguém pode. Porque *nunca* vou ser a garota que Skylar precisa que eu seja. Meu passado, quem eu sou, tudo que me aconteceu... essas coisas sempre vão nos atrapalhar.

Parecendo chegar ao seu limite, Shannon chutou a caixa de camisetas com força, lançando-a pelo corredor.

— Que merda foi essa, hein! — exclamou Tessa.

— Você se lembra da última primavera... quando matamos aula e fomos fazer compras em Philly?

— Não quero mais ouvir nada disso...

— Mas aí no caminho você viu uma ponte isolada e simplesmente *precisou* tirar fotos dela? Não fotos normais. Não, Tessa Jacobs precisou entrar no rio debaixo da ponte para tirar *a foto perfeita*. Ela ligou para o fato de não estar de biquíni? Não. Ligou para a água gelada, cheinha de lixo viscoso? Não.

— Vá direto ao ponto, Shannon.

— Quando vi você nadando contra a corrente com sua câmera, sabe o que pensei? Eu pensei... imagine só se Tessa se arriscasse assim na vida dela, e não apenas para sua arte.

Naquele momento, a ficha de Tessa caiu. Shannon tinha razão. Tessa sempre se gabava de que fazia de tudo para tirar a foto perfeita, arriscando até mesmo a própria vida. Por que ela não conseguia ter essa mesma disposição para correr riscos no seu namoro com Skylar? Ele não merecia isso?

— Ele vai embora hoje à noite — disse Shannon. — Você precisa conversar com ele antes disso.

Shannon pôs o capuz na cabeça de novo. Tessa observou-a ir até a frente da loja, parar e olhar o torrencial, hesitante.

Tessa sentiu uma vontade repentina e urgente de ver Skylar. Ela percebeu que não poderia deixá-lo ir embora sem falar com ele. Devia ser tarde demais para consertar as coisas, mas isso não importava. Ela precisava se arriscar. Precisava domar a menininha assustada que havia em seu interior de uma vez por todas.

Tessa exclamou:

— Shannon, espere! — Ela correu até o lado da amiga, impedindo-a de sair. Tessa gesticulou para a loja vazia atrás das duas. — Pode ficar no meu lugar?

— Você só pode estar brincando.

— Por favor. Só posso ir embora se tiver alguém no caixa.

— Gata, você sabe que não curto essa história de salário mínimo... — Shannon sorriu. — Mas, por você, eu abro uma exceção.

Tessa apertou o botão. Um *ding* ruidoso ecoou pelo ônibus, indicando que a parada dela era a próxima. Ela se levantou e atravessou o corredor rapidamente. O chão estava escorregadio por causa da chuva, e, para não deslizar, Tessa precisou se segurar nos encostos dos bancos enquanto se dirigia para a frente do veículo. O motorista percebeu Tessa atrás de si e pisou no freio.

— É melhor se cobrir — disse. — A coisa tá feia lá fora.

Assentindo, Tessa pôs a mão dentro da mochila para procurar seu moletom, mas ela não o levara para o trabalho. Então, sentiu algo escondido no fundo...

Era o boné laranja de Skylar.

Mais uma vez, sem que ela percebesse, Skylar o escondera na sua mochila, era um lembrete carinhoso de que ele nunca estava muito longe dela. Ao vê-lo, ela sentiu um quentinho no coração.

Tessa tirou o boné e o pôs na cabeça. O ônibus parou e as portas se abriram. Quando ela desceu, seus pés encontraram uma poça cuja água batia na altura dos tornozelos. Ela sentiu o líquido se infiltrar nos tênis de lona. Tessa estava encharcada, mas não se importava. Precisava falar com Skylar. Já passava das oito, e ela esperava que ele ainda não tivesse ido embora.

A garota começou a correr, com seus pés espalhando a água dos rios que corriam pelas calçadas. Seus pulmões começaram a arder, querendo oxigênio, mas ela se lembrou do que Skylar lhe ensinara sobre a dor física: *faça dela uma amiga*. Então continuou correndo, aceitando o desconforto.

Ao virar na Douglas Avenue, Tessa viu as luzes vermelhas de um carro brilhando no meio do torrencial. Era o jipe de Skylar. Ele tinha acabado de dar ré na frente da casa do avô. Estava indo embora naquele exato momento.

Agitada, Tessa gritou:

— Skylar! — Mas a chuva abafou sua voz. Ela começou a correr na direção da traseira do jipe, gritando ainda mais alto. — SKYLAR! ESPERA!

Mas o jipe foi embora e avançou pela rua.

Tessa tentou pegar o celular no bolso de trás. Ele escorregou da sua mão e caiu em uma poça funda da rua. Depois de tirá-lo de dentro da água, viu que a tela estava escura. O celular tinha morrido.

— Merda!

Olhou para cima de novo e viu o jipe de Skylar virando na esquina. Agora ela só tinha uma chance: precisava alcançar Skylar na próxima rua.

Ela correu pela calçada e pelo gramado ensopado de uma casa vizinha. Empurrou latas de lixo para o lado, saltou por cima de uma cerca de madeira e foi parar em uma lama grudenta. Disparou pelo pátio adjacente e pela frente de uma casa, depois foi para a rua e parou no meio da North Clermont Avenue.

Mais à frente, conseguiu ver o jipe. Tessa olhou para cima. O poste estava quebrado, com a lâmpada piscando e lançando uma luz fraca. Agora ela estava no meio da escuridão, escondida atrás da torrente de chuva.

O jipe de Skylar estava vindo em disparada na sua direção, os faróis aumentando de tamanho. Tessa sentiu um medo cada vez maior se espalhar pelo seu corpo.

— Skylar! — gritou ela. — Skylar, pare!

Mas o jipe dele não desacelerou.

quarenta dias depois

O carro de Shannon parou cantando pneu. O motor se desligou, e o freio de mão se abaixou sozinho. Tessa e Shannon suspiraram aliviadas. Não era todo dia que o motorista delas era um espírito desencarnado.

Elas olharam pelo para-brisa. Estavam em uma rua residencial de Margate, com casas dos dois lados.

Shannon estava perplexa.

— Por que ele trouxe a gente... *pra cá*?

— Você esqueceu completamente, né? — respondeu Tessa.

— Esqueci o quê?

Tessa tentou refrescar a memória da amiga.

— Dê uma olhada ao seu redor. Estamos na North Clermont Avenue. — Mas Shannon ainda estava confusa. — Shannon! Aqui foi o último lugar onde vi Skylar! O acidente foi aqui!

Os olhos de Shannon se arregalaram, entendendo.

— Aaah.

Até aquele momento, Tessa evitara a cena do acidente de propósito. Ela não queria nem passar por lá, embora tivesse considerado algumas vezes ir até o local para acender uma vela ou deixar algumas flores. Porém, sempre decidia que não tinha condições de ir. Tinha perdido mais do que Skylar naquele lugar. Tinha perdido a melhor parte de si mesma.

— Não estou entendendo — disse Shannon. — Doris não disse para ir aos lugares onde vocês dois se sentiram mais *próximos*? Como vocês se sentiriam próximos *aqui*, no lugar onde vocês dois, tipo, bateram as botas?

— Sei lá. Mas vou descobrir.

Enquanto estendia a mão para a maçaneta, Shannon segurou seu ombro.

— Quer que eu vá junto? Só para garantir?

Tessa sorriu afetuosamente.

— Você é uma amiga incrível, Shan. Mas tenho certeza de que você não tem como entrar no lugar para onde vou.

Ela fez que sim, lamentando.

— Nesse caso — disse —, devo ficar esperando aqui mesmo?

— Boa ideia — respondeu Tessa.

Ao sair do carro, Tessa sentiu um vento frio no rosto. Enquanto ia para o meio da rua, viu folhas murchas caindo umas em cima das outras, arranhando o asfalto como se escapassem de algum inimigo invisível.

Apesar de estar na cena do acidente, Tessa não conseguiu se lembrar de nada do que acontecera naquela noite. Nos filmes de Hollywood, quando um herói com amnésia voltava à cena do crime, todas as suas lembranças voltavam de supetão, o que era conveniente. Infelizmente, ainda havia um branco na mente.

Ela ouviu um zumbido. Olhou para cima e viu um poste quebrado, com o filamento dentro da lâmpada tentando produzir um pouco de luz. Era uma das poucas coisas que Tessa lembrava daquela noite. O poste, ligando e desligando como um estroboscópio. Mesmo depois de meses, ainda não tinha sido consertado.

Tessa se perguntou por que não estava sentindo a presença de Skylar ao seu redor. Ele devia estar por perto; ele a levara até aquele local. Ela o chamou:

— Sky?

No começou, a mudança foi subconsciente. Era difícil dizer o que estava mudando ao seu redor, mas então ela percebeu que tudo estava se esvaindo. Tessa concentrou o olhar na casa do outro lado da rua. O gramado estava iluminado por dezenas de lanternas para jardim. A luz de todas elas diminuía em uníssono, como se a eletricidade estivesse acabando. O mesmo acontecia com todas as casas do quarteirão. Por dentro e por fora, a iluminação de todas elas diminuía.

O poste em cima de Tessa começou a brilhar com uma luz branca e dourada. De alguma maneira, toda a energia sendo drenada da vizinhança estava sendo canalizada para aquela única lâmpada.

De repente, a garota se sentiu envolvida por um calor. Seu corpo girava por dentro. Era como a primeira descida de uma montanha-russa, uma descarga cataclísmica de euforia e medo. Ela tinha a forte sensação de que estava se dissolvendo, partícula por partícula. Ergueu a mão na frente dos olhos e se assustou ao ver que estava translúcida. Seus dedos estavam desaparecendo e, ao mesmo tempo, o mundo ao seu redor recuava. Era como ver uma fotografia sendo revelada, mas de trás para a frente. Os contornos da rua inteira estavam desaparecendo, a cor, a luz, tudo evaporando da experiência sensorial de Tessa.

Então ela ouviu um ruidoso *estouro*. Em cima dela, a lâmpada tinha explodido. Uma fonte de faíscas cascateou por cima de Tessa, como uma cachoeira de confetes brilhantes. A última coisa que ela ouviu antes de tudo ficar branco foi a voz de Shannon gritando seu nome.

Em algum lugar

entre a vida

e a morte

Hã?

Por que estou no... Little Art Theater?

Tessa estava na sua poltrona de sempre, desorientada. De alguma maneira, tinha sido teletransportada da rua, mas o fenômeno responsável pelo seu deslocamento não a mandara para um lugar muito longe. Ela estava a no máximo um quilômetro e meio da cena do acidente.

Isto é um sonho?

Será que estou no meio da cirurgia, imaginando isto?

Por que estou... aqui?

Como se respondendo a suas perguntas silenciosas, as luzes se apagaram, e o telão branco se acendeu. Agora um filme estava sendo projetado nele. Mas não qualquer filme. Não era uma comédia, nem um drama, nem um filme de ação. Era a vida de Tessa, os momentos finais que antecederam o acidente. Os momentos finais que, por mais que tentasse, ela não conseguia lembrar.

Tessa se viu parada no meio da North Clermont Avenue.

Estava chovendo muito, e seu cabelo pendia por cima do seu rosto como um esfregão emaranhado. Mais à frente na rua, o jipe de Skylar acelerava na sua direção. Ele não a viu. A rua estava escura demais; seus faróis não eram páreo para o torrencial. Na tela, Tesa gritou: "Skylar, pare!" Mas o jipe dele continuou avançando como um animal perseguindo a presa. De repente, o poste que piscava na rua se acendeu espontaneamente, e a silhueta de Tessa se encheu de luz.

Os pneus de Skylar pararam abruptamente, lançando bruma para o alto. Ele tinha visto Tessa. O jipe derrapou pelo asfalto molhado, um monstro descontrolado se jogando na direção de Tessa a toda velocidade. Finalmente, os pneus girando bateram no concreto, e o jipe parou a apenas alguns metros de Tessa. Os faróis se desligaram, e depois de um instante a porta do motorista se escancarou. Skylar saiu do jipe.

— Tess?

Na rua, Tessa sorriu melancolicamente e tirou o boné laranja da cabeça. Ela o estendeu para ele.

— Você esqueceu seu boné.

Agora Tessa estava chorando, mas não dava para perceber, pois suas lágrimas se mesclavam aos rios de chuva que escorriam pelo seu rosto. Ela foi até Skylar e segurou a mão dele.

— Me desculpe, Sky.

Ele balançou a cabeça.

— Não, sou *eu* que preciso me desculpar. Eu devia ter falado com você primeiro, antes de tomar qualquer decisão sobre a universidade.

— Você não devia ter que explicar seu amor pela sua família... se eu não tivesse passado a vida inteira afastando os outros de mim, eu teria compreendido.

No cinema, Tessa se sentiu inquieta. Por mais que desejasse ver o que acontecera naquela noite, ela pensou que não queria violar a privacidade daquelas duas pessoas. Não fazia sentido. Tessa estava vendo a si mesma e Skylar, então por que parecia que estava espiando os dois? De repente, a cena no telão congelou. Foi como se os receios de Tessa tivessem pausado o filme. No entanto, era tarde demais para desistir. Sua curiosidade tinha chegado ao ápice. Ela precisava ver o restante da cena. E assim que esse desejo circulou pela sua mente, o filme recomeçou magicamente.

— Você está encharcada — disse Skylar. — Entra no carro.

Ele segurou a mão de Tessa e tentou puxá-la para seu jipe, mas Tessa ficou parada. Skylar se virou para ela, confuso.

— O que aconteceu?

— Eu te amo — disse Tessa.

Sentada na sala de cinema escura, Tessa sentiu um choque elétrico de surpresa. *Eu disse!*

Desde a morte de Skylar, o maior medo de Tessa era que sua última interação com ele tivesse sido negativa. E pior ainda era achar que ela jamais retribuíra a declaração de amor dele. Agora ela sabia que isso não era verdade. Ela *realmente* tinha dito que o amava. Aquela menina ali, a que tinha aberto o próprio coração... era ela que Tessa queria voltar a ser.

No telão, Skylar estava comovido. Ele tensionou o maxilar, como se tivesse vergonha de mostrar como as palavras dela o afetaram.

— Você se importa — perguntou Tessa — se eu disser de novo?

Sua simples pergunta destruiu a armadura de Skylar, e ele começou a chorar.

— Não — respondeu. — Não me importo.

Desta vez, Tessa disse em francês. Ela tinha aprendido secretamente as palavras.

— *Je t'aime* — disse ela.

— *Je t'aime aussi* — respondeu ele enquanto chorava.

Enquanto a chuva os golpeava, eles se beijaram. Foi um beijo tão forte que consertou os corações dos dois, substituindo semanas de incerteza e ansiedade pela completude do amor verdadeiro. De olhos fechados, nem Skylar nem Tessa perceberam o semáforo se apagando em cima deles. Agora eles eram duas silhuetas mescladas uma com a outra, encobertas pela escuridão. Ainda se beijando, eles não perceberam o clarão dos faróis atrás do jipe de Skylar, nem ouviram o som do carro que se aproximava na chuva ensurdecedora.

De sua poltrona no cinema, Tessa viu o que estava chegando. Cobriu a boca horrorizada e berrou:

— NÃO!

Como se os personagens no telão a tivessem ouvido, Skylar e Tessa interromperam o beijo e se viraram para as luzes que se aproximavam. Então veio o estrondo nauseante, trovejante do impacto. Imediatamente, o jipe de Skylar foi lançado para o alto. Duas toneladas de metal, agora no meio do ar, tinham sido arremessadas diretamente para cima deles. Skylar só teve tempo de dar as costas para o carro e proteger Tessa do impacto. A última coisa que ele viu, seu derradeiro vislumbre, foi o rosto da garota que amava, da garota que, como agora ele sabia, o amava também.

No cinema, Tessa não ia aguentar assistir ao que aconteceu em seguida e, estranhamente, mais uma vez, o filme seguiu suas instruções mentais. Como era mesmo a frase de Charles Dickens? *Foi o melhor dos tempos, foi o pior dos tempos...* Isso. Essa frase sintetizava perfeitamente o que ela acabara de testemunhar. Tessa superara o maior medo de sua vida: abrir seu coração. Meros segundos depois, o universo apresentou uma reviravolta brutal e levou o garoto que a ajudara a abri-lo.

Foi então que Tessa percebeu que estava segurando alguma coisa. E não era o braço da poltrona. Ela estava agarrando alguma coisa... morna. Parecia... carne humana.

Parecia um braço.

Ela se virou devagar. Sua garganta congelou com uma alegria e uma perplexidade inefáveis. Porque agora, sentado ao seu lado no Little Art Theater, estava Skylar.

Vivo.

Avassalada pela sua presença física, Tessa só conseguiu formar uma única palavra:

— Vo-você?

Skylar abriu um sorriso sereno e assentiu.

— Eu.

— Sem auréola? Nem asas?

— Só eu mesmo — disse ele.

As semanas de saudade irromperam de dentro dela. Ela gritou e se jogou nos braços de Skylar, abraçando-o, sentindo-o, inspirando seu cheiro familiar. Era como uma sede que não podia ser saciada nem mesmo por um oceano de água. Ela não sabia há quanto tempo os dois estavam se abraçando. Só sabia que o garoto que ela amava estava nos seus braços e que ela não queria soltá-lo nunca.

— Eu estava com medo de que você não fosse chegar a tempo — disse ele.

— Você não facilitou as coisas, né! — respondeu ela, afastando-se para olhá-lo.

— Desculpe. É como se... vocês estivessem andando de bicicleta enquanto a gente pilota aviões. Desacelerar para interagir, mesmo que por alguns segundos, requer muita prática.

Enxugando as lágrimas, Tessa olhou ao redor e gesticulou para o espaço ao redor.

— Então é isto? O bardo é... uma sala de cinema?

— Não exatamente. Vem comigo.

Skylar pegou a mão de Tessa e a puxou pelo corredor e pela saída do cinema. Lá fora, na calçada, eles ainda estavam na cidade de Margate. Era meio-dia, e tudo parecia igual.

— Estamos em casa? Em Margate? — perguntou Tessa.

— Não é a Margate que você imagina. Tudo que você está vendo é uma forma-pensamento.

— Uma o quê?

— Uma forma-pensamento. É como... uma mistura da sua memória com a sua imaginação. Sua mente pega aquilo que você não lembra e preenche o espaço com uma criação dela.

Tessa se virou para a rua na sua frente e de repente notou que estava deserta. Não havia nenhuma pessoa nas calçadas, nenhum carro na Ventnor Avenue.

— Tá, então... cadê todo mundo?

— Tente pensar nisso.

— Nas pessoas?

— Isso. Pense em... pessoas dirigindo carros.

No instante em que Tessa pensou em carros se movendo, eles apareceram e passaram pela rua como em um dia normal de Margate. Da sua mente para a realidade em um piscar de olhos.

— Puta merda! — exclamou Tessa.

— Bem maneiro, né?

Imediatamente, Tessa refletiu sobre as consequências de seu superpoder recém-descoberto.

— E se eu pensar em algo que *não* existe?

— Como o quê?

— Sei lá. E se eu pensar em... chuva roxa?

Na mesma hora, Tessa sentiu gotas quentes atingindo seu corpo. Ela olhou para cima e viu um dilúvio de chuva roxa caindo de um céu sem nuvens. Extasiada, ela pulou como uma criancinha que acaba de ganhar o presente de Natal dos seus sonhos. Então, cobriu o rosto de Skylar com um monte de beijos.

— Não me faça ir embora.

— Não vamos nos preocupar com isso agora — disse ele para tranquilizá-la. — Só me diga o que você quer fazer.

— Ficar com você.

— Você está comigo... aonde você quer ir?

— Tanto faz.

Skylar abriu um sorriso conspirador.

— O que foi? — perguntou Tessa, intrigada.

— Já sei.

De repente, o mundo ao redor deles, as ruas, os carros, as pessoas, evaporou. Quando Tessa parou de olhar para Skylar, ela percebeu que não estava mais em Margate.

Estou em Paris! Paris de verdade, na França.

Eles estavam em uma rua pitoresca da Rive Gauche. Havia um café movimentado com mesas externas, uma banca de frutas com rodinhas e uma doceria encantadora, com a vitrine cheia de fileiras imaculadas de guloseimas francesas. Tudo que Tessa via era vibrante, em tecnicolor.

Quando compreendeu onde estava, Tessa exclamou:

— *Mon dieu! C'est incredible!*

Pera aí. Ela estava falando francês fluente, como era possível? Ela se virou para Skylar, mas ele previu sua pergunta.

— Sim. Aqui você pode falar a língua que quiser — disse ele em francês.

— *Comment est mon accent?* — perguntou Tessa.

— Seu sotaque está perfeito.

Mais uma vez, Tessa observou a rua ao seu redor. Ela sentiu uma bolha de inspiração subindo.

— Tudo bem se eu... fizer uns retoques?

— Fique à vontade.

A mente de Tessa voltou para a miríade de fotografias penduradas em cima da sua cama. A maioria delas era de Brassaï e mostrava a Paris dos anos trinta e quarenta. Era a Paris glamurosa que Tessa desejava ver, mas sabia que era impossível. O passado, como costumavam dizer, era o passado. Porém, ali, os limites de Tessa eram o que sua mente era capaz de criar.

Baseando-se no que se lembrava das fotos, ela começou a transformar a rua, voltando no tempo. Os carros viraram Renaults vintage. As calçadas de concreto passaram a ser ruas de paralelepípedos. Cada detalhe de que se recordava se materializava na frente dela. Até mesmo as roupas das pessoas mudaram. No café, agora os homens estavam vestindo ternos e chapéus fedora, e as mulheres, saias pregueadas e xales de caxemira.

Tem que ser de noite. O céu escureceu.

Tem que ter névoa. A neblina se formou.

Ela pensou em lambretas, como aquelas que enchiam as ruas de todas as grandes cidades europeias. Antes que ela pudesse piscar, uma Vespa passou zunindo, deixando uma nuvem de fumaça em torno dos dois.

Como uma artista contemplando seu último quadro, Tessa deu um passo para trás, a fim de analisar a obra. Ela se contentou com as alterações, mas sentiu que faltava alguma coisa.

— Não está se esquecendo de nada? — perguntou Skylar.

Esquecendo? O que ela esquecera?

Skylar ajudou-a.

— Puxa, é a parte mais importante.

De repente Tessa percebeu o que estava faltando. Ou melhor, o que *precisava* estar faltando. As cores! A Paris de suas fotografias prediletas era em preto e branco. Porém, será que ela conseguiria mesmo fazer aquilo?

— Tente — sugeriu Skylar, lendo sua mente.

Tessa se lembrou das imagens, e tudo ao seu redor perdeu a cor na mesma hora. Até mesmo ela e Skylar estavam agora em preto e branco! Era incrivelmente surreal. Tessa não estava mais *vendo* uma foto na sua parede, ela estava *dentro* da foto, era o sujeito da foto.

— Argh! — gritou Tessa.

— O que foi? — perguntou Skylar.

— Você não me avisou para eu trazer minha câmera!

Eles caminharam pela beira do Sena de mãos dadas. Ao lado deles, barcos fluviais desciam pelo rio. Tessa conseguia ouvir a animação dos passageiros do barco quando eles passavam, as risadas se dissolvendo na noite morna.

— Os budistas chamam isto aqui de bardo — Skylar explicou. — Os muçulmanos, de *barzakh*. Quase todas as religiões e culturas têm um nome para este lugar. Mas o meu predileto é *summerland*, a "terra do verão".

— E todos vem para cá quando morrem?

— Isso. Para sentir o luto.

— Então os mortos também sentem o luto?

— Acha que somente os vivos sentem falta dos mortos? Eu deixei tudo para trás. Meus pais, a garota que eu amava, sem falar dos sonhos que eu tinha para a minha vida inteira.

Egoistamente, absorta no próprio luto, Tessa nunca tinha parado para pensar que talvez Skylar também estivesse sofrendo.

— Não é justo — disse Tessa.

— Sei que parece injusto. Mas, ao chegar aqui, você descobre que é apenas uma de muitas encarnações. Todos nós tivemos centenas de vidas. É um ciclo sem começo nem fim. — Skylar parou de andar. Tessa viu uma tristeza se insinuando nos seus olhos. — Tess, você já deve imaginar, mas...

— Não temos muito tempo? — Ele balançou a cabeça com tristeza. Tessa prosseguiu: — Bom, eu sei para onde quero ir.

Skylar sorriu, com sua expressão a desafiando.

— Me surpreenda.

Tessa assentiu. E pensou em um lugar...

A terra amoleceu sob os pés dela. Tessa olhou para baixo e viu que o paralelepípedo tinha se transformado em uma areia branca e resplandecente. Agora eles estavam em uma praia. O mar atrás deles estava impossivelmente verde, como se iluminado por dentro. No horizonte, a esfera dourada do sol estava congelada em um crepúsculo perpétuo. Ou será que era o amanhecer? Não importava. Tudo que importava era que o céu parecia mágico.

— Você está aprendendo rápido — disse Skylar, evidentemente impressionado.

— Você nem viu a melhor parte ainda — respondeu Tessa.

Ela apontou por cima do ombro dele. Skylar se virou. Na areia, a algumas dezenas de metros da água, havia uma pequena casa sobre estacas. Era uma cópia idêntica daquela em que Betty e Zorg moravam juntos no filme *Betty Blue*.

— Ficou boa? — perguntou Tessa.

— Ficou mais do que boa — disse Skylar. — Está perfeita.

Ela não sabia há quanto tempo eles estavam fazendo amor. Talvez horas, talvez anos. Ali o tempo era diferente e parecia um sonho ininterrupto.

Depois eles se deitaram juntos, exaustos. Debaixo dos lençóis brancos e finos, estudaram ansiosos as feições um do outro. Cada curva e cada linha continha segredos que os dois desejavam muito explorar.

— A gente já tinha se conhecido no passado? — perguntou Tessa. — Antes de eu ser Tessa e você ser Skylar?

— Muitas e muitas vezes — disse ele.

— Então... a gente vai se reencontrar?

— Muitas e muitas vezes.

— Como vou saber que é você?

Skylar segurou o rosto dela e a encarou, os olhos verdes repletos de amor.

— Você vai saber.

Uma brisa suave fez Tessa despertar. Ela ainda estava na cama, envolta em um emaranhado de lençóis. Sentiu a ausência ao seu lado e seu coração acelerou. Onde estava Skylar? Ela se sentou, temendo que o tempo deles tivesse acabado e que Skylar tivesse partido. Porém, ficou aliviada ao vê-lo no deque externo, relaxando em um sofá de vime.

Lá fora, o ar estava agradavelmente fresco e com cheiro de mar. Ela se sentou ao seu lado e puxou as costas dele para o seu peito. Admirou o horizonte. Era um clarão colorido que só poderia existir ali.

— É tão lindo — disse. — O sol está nascendo... ou se pondo?

— As duas coisas — respondeu Skylar, com melancolia na voz. — Um final... *e também* um começo.

Tessa não entendeu o motivo, mas a resposta dele a fez perceber que o tempo dos dois estava chegando ao fim. Aquele lugar mágico, aquele período mágico, que nascera do amor dos dois, estava esvaecendo.

— Passei a vida inteira aprendendo a não me ferir — disse Tessa. — Mas isso não é jeito de viver.... mesmo com toda a dor que senti nos últimos meses, não me arrependo de nada. Porque eu te amo, Sky. E saber que sou capaz de sentir isso faz a vida valer a pena.

Lágrimas brotaram nos olhos de Skylar.

— Meu avô costumava dizer que o amor tem seu preço. E agora eu entendi qual é... em algum momento, de alguma maneira... ele tem que acabar.

Agora Tessa estava conseguindo enxergar a praia através do rosto de Skylar. Ele estava se dissolvendo na frente dela.

— Amo você, Tessa.

— Vou te amar pra sempre — respondeu ela. — Pra sempre.

Enquanto eles se abraçavam, Tessa sentiu a palma de Skylar pressionando seu peito em cima de sua cicatriz. Ela sentiu um calor repentino dentro de si, como se raios de amor penetrassem seu coração partido, fazendo suas feridas sararem.

As últimas palavras de Skylar foram um sussurro, mais baixo do que as ondas do mar à distância.

— Agora vá providenciar um final feliz pra gente — disse ele.

epílogo

No sábado de manhã, às dez em ponto, Tessa bateu à porta do vovô Mike. Ela ouviu a voz dele lhe dizer lá de dentro "Estou indo!", e depois o som de seus pés se arrastando pelo piso de linóleo. A tranca fez um clique, e a porta foi escancarada. Mike estava na frente dela, com seu conjunto de moletom, os pés em mocassins forrados por dentro.

— Chegou na hora certa! Pode entrar, Tessa — disse ele, animadamente.

Ao entrar na casa, Tessa se sentiu como se estivesse em uma máquina do tempo. Todas as noites de verão que ela passara ali com Skylar, lendo poesia, vendo filmes antigos e conversando até tarde da noite aconchegados um no outro. No entanto, a enxurrada de lembranças não deixou Tessa triste nem nostálgica. Na verdade, se sentiu grata. Ela tinha muita sorte de ter estado ao lado de Skylar nos últimos meses dele neste mundo. Isso era um presente que deveria ser valorizado.

Vovô Mike se virou para a sala de estar.

— Ela chegou — disse.

Os pais de Skylar estavam sentados no sofá, com os ombros encostados um no outro. Havia um clima sombrio no ar. A ausência de Skylar era como uma ferida aberta. Será que uma mãe e um pai eram capazes de realmente superar a perda de um filho?

Leigh estava segurando um amontoado úmido de lenços de papel amassados. Seus olhos estavam vermelhos e inchados. Carl parecia mais magro do que Tessa lembrava. Tudo bem, eles só tinham se visto duas vezes por FaceTime, mas os meses de luto certamente haviam mudado sua aparência. Ele parecia mais velho, até mesmo frágil.

— Oi — cumprimentou Tessa.

Carl e Leigh se levantaram do sofá e abraçaram Tessa, um de cada vez. Cada abraço foi diferente. O de Leigh transmitiu saudade, como se ela estivesse tentando se conectar ao filho pelo corpo de Tessa. Já o abraço de Carl foi mais forte e enviou uma mensagem silenciosa: *vai ficar tudo bem; nós vamos superar isso.*

— Vou fazer um chazinho — disse vovô Mike, entrando na cozinha.

Tessa foi até uma poltrona, e os pais de Skylar voltaram para o sofá.

— Como está a sua recuperação? — perguntou Carl. — Ouvimos dizer que você voltou para o hospital.

— Foi só por algumas noites. Terminou sendo alarme falso — disse Tessa.

— Ah, foi? — perguntou Leigh.

— É uma história bem maluca, na verdade... O acidente rompeu parte do meu coração. E eles consertaram. Mas eu não segui exatamente as ordens do médico e houve uma ruptura nos pontos. Mas aí, quando eles finalmente me levaram para a sala de cirurgia e me abriram, descobriram que, de alguma maneira, meu coração tinha sarado sozinho.

Carl arregalou os olhos.

— Foi mesmo?

— Foi — disse Tessa. — Meu médico disse que era a segunda vez no mesmo ano em que eu era a *paciente milagrosa* dele.

— Talvez você tenha recebido uma ajudinha lá de cima, não? — perguntou Leigh, erguendo o dedo para o céu.

— Com certeza.

Foi então que Leigh e Carl notaram que Tessa estava segurando dois presentes de embalagens idênticas. Ambos eram retangulares e tinham exatamente o mesmo tamanho.

— Nós deveríamos ter trazido algum presente? — perguntou Carl.

— Na verdade, isso foi ideia de Skylar — disse Tessa. Ela atravessou a sala e entregou uma embalagem para cada. — Ele queria dar isso para vocês de presente de bodas.

Leigh se comoveu e começou a chorar. Tentando acalmá-la, Carl apertou sua mão com carinho. Apesar de tudo pelo que eles tinham passado, Tessa ainda conseguia ver o amor que sentiam um pelo outro.

Leigh enxugou os olhos.

— Você primeiro — disse ela, incentivando o marido a abrir o presente.

— Não — respondeu Carl. — Abra você, Leigh.

Ela assentiu e inspirou para se preparar. Em seguida, inseriu os dedos por debaixo do papel de presente, rasgando-o em tiras irregulares. Agora Leigh estava segurando uma foto emoldurada do filho. Era a foto que Tessa tirara de Skylar no rio Cooper, na manhã em que o destino providenciara o reencontro dos dois. Skylar estava em seu barco a remo e tinha acabado de cruzar a linha de chegada. Seus braços estavam por cima da cabeça, triunfantemente. Naquele momento, com sua expressão de puro entusiasmo, era possível ver tudo o que Skylar tinha de especial.

Leigh fungou, os olhos cheios de gratidão.

— É linda, Tessa, obrigada.

— Sua vez, Carl — disse Tessa.

Carl rasgou o papel de presente e encontrou a mesma foto de Skylar em uma moldura idêntica.

— Uma para a casa de Leigh — disse Tessa —, e uma para a sua.

Tessa viu a confusão no rosto dos dois. Percebeu que precisava explicar.

— No começo, foi difícil para ele aceitar. Vocês conhecem o Skylar... ele era um sonhador, acreditava no amor. E achava que, se vocês se divorciassem, isso seria trair o amor que sentiram um pelo outro no passado. Mas mudou de ideia. Ele me disse que queria que vocês dois fossem felizes.

Leigh e Carl ficaram em silêncio, assimilando o que Tessa acabara de lhes contar. Finalmente, Carl rompeu o silêncio:

— Tem certeza de que era isso que ele queria?

— Tenho — respondeu Tessa. — Foi o que ele me disse.

— Antes do acidente? — perguntou Leigh.

Estranhamente, Tessa já esperava aquela pergunta. Ela sorriu e respondeu:

— Bem, ele não poderia ter me dito *depois*, né?

A luz matinal atingiu o rosto de Tessa. Ela tinha acordado bem antes do amanhecer, mas seu nervosismo em relação àquele dia a fez ficar na cama, absorta nos seus pensamentos, observando o sol rosado se espalhar pelas paredes.

Ela sentiu cheiro de panquecas, e seu estômago se agitou. Na noite anterior, tinha se esquecido de jantar. Ela precisava de cada minuto, de cada segundo, para se preparar para hoje, e a comida desperdiçava seu tempo desnecessariamente.

Ela se vestiu com rapidez. Calça jeans, suéter de tricô, sapatilhas prateadas. Colocou o computador na capa de laptop, fechou o zíper e desceu o carregando.

Na cozinha, o ar estava impregnado de um cheiro doce. Vickie estava na frente do fogão, fritando panquecas pequenas em uma poça de manteiga derretida. Tessa entrou e a beijou na bochecha.

— Bom dia — disse Tessa.

— Hoje é o grande dia — respondeu Vickie.

— Fiquei sabendo.

Morta de fome, a garota pegou uma panqueca na pilha e a enfiou na boca. Em segundos, seu estômago se encheu de um quentinho esponjoso, e as pontadas de fome passaram.

— Mastigue direito, Tessa.

— Hum... delícia.

— Sente. Eu preparo um prato pra você.

— Não tenho tempo. Talvez tenha trânsito, e não quero me atrasar.

Assentindo, Vickie pôs a espátula no balcão e puxou Tessa para um abraço.

— Você vai se sair muito bem.

— Valeu, mãe.

Foi muito gostoso usar aquela palavra. Não apenas gostoso, mas *correto*. Tessa se arrependia de muitas coisas do passado, mas seu maior arrependimento era a maneira como tratara Vickie. Era difícil pensar que, não muito tempo atrás, a considerava uma adversária. Na verdade, Tessa nunca tinha visto um adulto se importar tanto com ela quanto Vickie. E prometera sempre tratá-la como sua família.

Lá fora, o ar do mês de novembro estava agradavelmente fresco, e a garota sentiu o cheiro do restinho de fumaça das lareiras dos vizinhos. Enquanto entrava no carro de Vickie, ela viu Mel carregando o soprador de folhas para fora da garagem aberta. Havia um donut pela metade na mão dele, e seu queixo estava coberto de migalhas da cobertura branca.

— Ei, pai? Talvez esteja na hora de parar de comer besteira, não acha?

Mel fingiu se horrorizar com a pergunta dela. Mas é claro que sabia exatamente do que Tessa estava falando.

Tessa pegou o celular e o apontou para Mel.

— Sorria.

Mel abriu um sorriso torto e ela tirou uma foto do seu corpo inteiro. Então, o chamou com um gesto para que ele pudesse vê-la.

— Esse ângulo é ruim — insistiu ele.

— Vickie disse que você não está mais cabendo no uniforme do trabalho.

— Misericórdia, agora são duas contra um.

Tessa encarou Mel com sinceridade nos olhos.

— Eu e minha mãe nos importamos muito com você.

Mel olhou a foto de novo e grunhiu.

—Ah, droga, talvez eu possa perder uns quilinhos mesmo.

Tessa agarrou o resto do donut da mão de Mel e ligou o

carro. Ele pôs o braço pela janela aberta e deu um tapinha no ombro de Tessa.

— Boa sorte, garota.

O dia do portfólio da RISD seria realizado em uma faculdade local. Tessa tinha visitado o campus somente uma vez, para ver uma palestra sobre fotografia ambiental. Hoje, contudo, era diferente. O auditório onde ela assistira à palestra teria muitos outros candidatos a alunos e, mais importante, teria o comitê de admissão.

Ela não estava mais ali somente por causa de Skylar; queria alcançar o potencial que sabia que tinha, mas que antes temia reconhecer. Como uma bússola, Skylar lhe mostrara a direção. Mas agora Tessa precisava largar a bússola e escolher que caminho seguir. Seu futuro, qualquer que fosse ele, seria seu.

Na mesa de recepção, uma mulher austera e direta deu um número para ela.

— Quando seu número for chamado, você tem cinco minutos para montar seu equipamento. A apresentação não pode passar de sete minutos, senão sua inscrição será anulada... Boa sorte.

Tessa entrou no auditório cheio e barulhento. Havia centenas de estudantes ali. *Uma galerinha artística*, como Shannon os chamaria carinhosamente. Eles tinham piercings no nariz, braços tatuados e cabelo tingido, e muitos usavam roupas de brechó.

Tessa encontrou um lugar mais para a esquerda do corredor, com espaço o bastante entre ela e outra menina para que não precisasse puxar papo. Enquanto esperava seu número ser chamado, ela observou os outros estudantes, seus concorrentes, fazerem suas apresentações. Havia uma monotonia calma em tudo aquilo. O funcionário da universidade chamava um número, o candidato subia, conectava o computador ao projetor e depois exibia as fotos na tela pendurada na cortina logo atrás. Durante a apresentação, todos os candidatos relanceavam os rostos inexpressivos na primeira fila, para os membros do comitê de admissão. Aqueles eram os guardiões que tinham os futuros deles nas mãos.

O humor de Tessa variava em função da qualidade do trabalho apresentado. Um trabalho inferior a deixava confiante; já um trabalho inovador a deixava desesperançosa. No fim das contas, concluiu que talvez sua habilidade técnica não fosse tão boa quanto a de alguns de seus concorrentes, mas sua voz era exclusivamente sua. Se ela conquistasse uma vaga naquela universidade disputada, seria por causa de sua maneira de "enxergar as coisas".

Ela estava sentada há mais de uma hora quando finalmente ouviu seu número ser chamado. Enquanto subia os degraus que levavam ao palco, seu coração disparou, mas ela não sentiu nenhuma dor. Como o dr. Nagash lhe dissera, maravilhado com sua recuperação, "é como se o acidente nem tivesse acontecido". No entanto, é óbvio que Tessa sabia que isso não era verdade. No seu peito ainda havia a cicatriz rosada, a cicatriz que sempre a lembraria da noite em que tudo mudou.

Ela pôs o laptop no estrado. Mexeu nos cabos emaranhados e conectou o computador ao projetor ali perto. Na semana anterior, ela transcrevera toda a sua apresentação em fichas pautadas, mas tinha ensaiado tanto que não precisava mais delas. De certa maneira, era como se todos os acontecimentos da sua vida a tivessem levado até aquele momento.

Ela limpou a garganta e começou:

— Desde pequena, as pessoas me dizem que eu enxergo coisas que ninguém mais enxerga. E acredito que foi por isso que a fotografia me atraiu. Minha câmera não era apenas uma maneira de eu me expressar. Ela era um meio de preservar a lembrança do invisível, do efêmero... Porém, apesar da minha sensibilidade para o imperceptível, foi apenas recentemente que notei algo que eu nunca tinha visto... — Tessa fez uma pausa para criar um efeito dramático. — Um fantasma.

Ela clicou na seta do seu computador. Apareceu uma fotografia na tela que se agigantava por cima dela. Era uma foto em preto e branco de Tessa, sentada sozinha no Little Art Theater, com a poltrona atrás dela vazia. Era da noite em que tinha ido procurar o espírito de Skylar. A fotografia tinha uma composição que passava uma sensação nítida de *ausência*. Ela parecia dizer: *tem alguém faltando aqui*.

Tessa prosseguiu:

— Todos nós, todos nós mesmo, somos assombrados por fantasmas. Fantasmas de traumas da infância, fantasmas de sonhos não alcançados, fantasmas de amores perdidos... Compreensivelmente, muitos de nós tratam esses fantasmas como visitas indesejadas. Como espíritos malignos que entraram nas nossas casas à força, passaram a morar lá e se recusam a ir embora.

Tessa apertou o botão outra vez. Mais uma fotografia apareceu. Era ela, sozinha, em preto e branco. Estava sentada a uma mesa de piquenique do Smitty's, olhando para um banco vazio, o banco onde Skylar tinha se sentado. A imagem representava vazio e perda.

— Como a maioria das pessoas, eu achava que, se eu

simplesmente ignorasse esses fantasmas, eles terminariam indo embora. Mas então percebi que isso era um erro.

Mais uma foto: Tessa caminhando sozinha na praia enevoada, recriando a primeira foto que tirara de Skylar. Agora, *ela* era a aparição.

— Vejam, assim como todos os nossos piores medos, esses espíritos invisíveis se fortalecem na escuridão. Se corremos para longe deles, eles só fazem correr mais rápido. Se os empurramos para fora do caminho, eles só fazem voltar com mais força. Então como é que podemos criar espaço para o novo quando somos assombrados pelo velho?

Tessa se sentiu aliviada. Estava chegando ao fim da apresentação.

— Precisei passar por uma grande perda para descobrir a resposta dessa pergunta. Temos que *lidar* com nossos fantasmas. Temos que recebê-los nas nossas vidas e aceitá-los, pois eles são *parte de nós*. É apenas quando finalmente reconhecemos essa presença que eles dão espaço para as novas experiências... e para as novas possibilidades...

A última fotografia de Tessa era diferente das outras. Era um close do seu rosto. Era colorida. Ela a tirara no Hotel Empíreo, na noite em que tinha visto o espírito de Skylar pela primeira vez. Porém, das centenas de pessoas olhando para aquela foto, somente Tessa sabia que o minúsculo brilho nos seus olhos era o reflexo de um fantasma, o fantasma de um garoto que a amava tanto que tinha atravessado a fronteira entre a vida e a morte só para ficar com ela uma última vez.

— No fim das contas, aprendi que não podemos fugir de quem somos em nosso âmago. Nossos fantasmas fazem nós sermos quem somos e quem esperamos ser. E assim como as lembranças boas e ruins do nosso primeiro amor, nós carregamos essas assombrações dentro de nós, presas aos nossos corações de uma maneira irreversível...

Tessa sorriu.

— Seja na vida... na morte... ou em algum lugar entre a vida e a morte.

agradecimentos

Faz mais de vinte anos que trabalho como roteirista, e roteiristas não recebem um espaço para escrever seus agradecimentos. Assim, peço que sejam tolerantes enquanto agradeço a algumas pessoas que me ajudaram a criar este livro e a algumas outras que influenciaram bastante minha carreira.

No ramo dos negócios, eu gostaria de agradecer a Jeremy Barber e a Byrd Leavell da UTA por fazerem o livro encontrar um lar na Little, Brown Books for Young Readers. A experiência coletiva de ambos e seus sábios conselhos fizeram com que a transição de roteirista para romancista fosse bem natural.

Agradeço também a Karl Austen, meu advogado de longa data, que é mais do que um negociador intransigente, ele é também o *consigliere* mais sagaz de Hollywood.

Gostaria de agradecer a Andrew Deane, Sally Ware e Dan Spilo da Industry Entertainment, e também a Joey e Jamie King, por terem ajudado a transformar um manuscrito parcial em um contrato cinematográfico, que virou um roteiro, que virou o livro que agora está nas suas mãos.

Agradeço muito a Ali Bell, que antes era da Paramount Players, por me dar tempo e espaço para refinar a história a fim de que ela desse certo. Muitos em seu lugar teriam desistido, mas sua paciência enquanto eu lidava com as duas linhas do tempo foi uma benção divina.

Obrigado também a Pete Harris, da Temple Hill, seu incentivo e sua orientação foram extraordinariamente úteis na fase inicial deste livro.

Criativamente, eu gostaria de agradecer a Todd Goldman por seus olhos atentos de revisor e a Danny Karsevar por me contar suas lembranças de quando era salva-vidas em Margate. E um agradecimento especial a Isabel Klein, minha sobrinha, por seus comentários certeiros e por ser minha "colaboradora adolescente".

Arie Posin, o diretor do filme, merece um agradecimento especial. Com imensa paciência e a quantidade ideal de pressão, Arie me ajudou a aprofundar e esclarecer o roteiro e todos os seus personagens. Assim, este livro é muito melhor por causa dele.

Agradeço muito também a Samantha Gentry, minha editora, que lidou com este romancista novato com todo o seu profissionalismo e experiência. Suas perguntas e comentários atenciosos fizeram do processo inteiro uma alegria do início ao fim.

Já no ramo de pesquisa, eu gostaria de agradecer a Iva Boteva, que me ensinou a remar, trazendo realismo aos capítulos sobre remo.

Devo imensamente ao dr. Mark Plunkett, um brilhante cirurgião cardiovascular que me aconselhou com generosidade em vários projetos diferentes e que sempre me proporcionou a quantidade perfeita de jargões médicos para que tudo soasse real.

Um agradecimento pessoal a Kirsten "Kiwi" Smith por ter me convencido, muitos anos atrás, a escrever um livro. O entusiasmo de Kiwi é um trem descarrilhado que ninguém consegue parar. Que bom que decidi pular a bordo dele em vez de ser atropelado e esmagado.

Preciso deixar um agradecimento especial para Robbie Brenner, amiga, compatriota e minha alma gêmea em um mundo paralelo. Robbie faz mágica com tudo. É impossível mensurar o quanto ela defendeu este projeto, e minha carreira como um todo.

E, por fim, gostaria de agradecer a meus pais, Howard e Paula Klein, por terem me dado um lar amoroso e permitido minha criatividade se desenvolver. Na infância, as teclas da máquina de escrever do meu pai eram minha canção de ninar. Todas aquelas madrugadas de trabalho me ensinaram a disciplina necessária para ser escritor. Obrigado, mãe e pai. Amo muito vocês.

**CONFIRA NOSSOS LANÇAMENTOS,
DICAS DE LEITURAS E NOVIDADES
NAS NOSSAS REDES:**

editoraAlt
editoraalt
editoraalt
editoraalt

Este livro, composto na fonte Fairfield,
foi impresso em papel pólen natural 70g/m² na gráfica Coan.
Tubarão, Brasil, março de 2023.